Céu Branco

Maria José Silveira

Céu Branco

FARIA E SILVA
Rio de Janeiro, 2024

Céu branco

Faria e Silva é uma empresa do Grupo Editorial Alta Books (STARLIN ALTA EDITORA E CONSULTORIA LTDA).

ISBN: 978-65-6025-096-3

Impresso no Brasil — 1ª Edição, 2024 — Edição revisada conforme o Acordo Ortográfico da Língua Portuguesa de 2009.

Dados Internacionais de Catalogação na Publicação (CIP)
(Câmara Brasileira do Livro, SP, Brasil)

Silveira, Maria José
Céu branco / Maria José Silveira. -- Rio de Janeiro : Faria e Silva Editora, 2024.

ISBN 978-65-6025-096-3

1. Romance brasileiro I. Título.

24-203685 CDD-B869.3

Índices para catálogo sistemático:

1. Romances : Literatura brasileira B869.3

Eliane de Freitas Leite - Bibliotecária - CRB 8/8415

Faria e Silva é uma Editora do Grupo Editorial Alta Books

Produção Editorial: Grupo Editorial Alta Books
Diretor Editorial: Anderson Vieira
Editor da Obra: Rodrigo Faria e Silva
Vendas Governamentais: Cristiane Mutüs
Gerência Comercial: Claudio Lima
Gerência Marketing: Andréa Guatiello

Produtora Editorial: Milena Soares
Revisão: Alessandro Thomé; Denise Himpel
Projeto Gráfico e Diagramação: Natalia Curupana
Capa: Beatriz Frohe

ALTA BOOKS
GRUPO EDITORIAL

Rua Viúva Cláudio, 291 — Bairro Industrial do Jacaré
CEP: 20.970-031 — Rio de Janeiro (RJ)
Tels.: (21) 3278-8069 / 3278-8419
www.altabooks.com.br — altabooks@altabooks.com.br
Ouvidoria: ouvidoria@altabooks.com.br

Editora
afiliada à:

abdr ASSOCIAÇÃO BRASILEIRA DE DIREITOS REPROGRÁFICOS

ASSOCIADO CBL Câmara Brasileira do Livro

"tout au monde existe pour aboutir à un livre."

Mallarmé

"...a história está em aceleração constante, porém mais cedo ou mais tarde uma força, qualquer força, deve atingir uma curva: essa curva, então, é uma estória que precisa ser contada."

Colum McCann, *Aiperogon*

Para Felipe, sempre.

Para minhas queridas primas: Mira, Loli, Gracy, Diva, Luiza, Delia, Dora, Daura, Dulce.

In Memoriam: Marizete, Sandra, Laura.

Sumário

01

"Foram como os três cavaleiros. Três, Julia, percebi agora. Nem que meu nome fosse Terezinha, e não Lilian. Pode rir, estou rindo também. É que os três apareceram próximos um do outro, por isso digo que foram três. A coincidência.

O primeiro foi aquele que te contei logo. O da academia. O jovem musculoso que resolveu se exibir para mim, desses morenões que só têm músculos, olhos felinos, e se acham o sal da terra. Ficou insuportável, e aproveitei para mudar para pilates, que há tempos eu andava planejando. Sei que agora você está dando sua risada: moreno de olhos felinos! São os quarenta anos, querida. Não há idade melhor para uma mulher. Li em algum lugar. É nosso auge, aproveite!

O segundo foi na quadra atrás daquele restaurante onde gostamos de ir, aquele ao lado da quadra com árvores de copas generosas. Quando vi o pneu arriado, fiquei surpresa, e antes que pudesse ver no porta-luvas o telefone do seguro, um rapaz se aproxima e se oferece para trocar o pneu. 'Não é preciso, obrigada', respondo, 'já vou chamar o pessoal do seguro'. Ele insiste, 'Em um minutinho resolvo isso'. E de fato resolve, gentil, educadíssimo, o tempo todo erguendo olhos e sorriso. Bonito, bem vestido — reparei porque pensei se não seria o caso de oferecer uma gorjeta, mas depois de acomodar pneu e macaco no porta-malas, ele me pergunta se pode me oferecer um café. 'Ah!, muitíssimo obrigada por tudo', foi minha vez de sorrir, agradecida, 'mas acabo de tomar um cafezinho'. E ele, então, acredita?, me pediu o telefone. Meu telefone, Julia! 'Eu gostaria de te ver outra vez.' E eu, pensando no que você disse sobre os quarenta anos da mulher, soltei minha risada, 'Menino, eu poderia ser sua mãe!' E mesmo assim ele insiste e, num estalo, me dei conta de que já tinha visto esse cara antes. Perguntei, atônita: 'Foi você quem esvaziou o pneu do meu carro?' E ele, bobo, bobo, alto, loiro, esplendorosos olhos negros, confessa, 'Foi, sim, eu te vi e te gosto, entende? Queria falar com você'. E eu juro que não sei se fiquei furiosa apenas com o português que me fez arrepiar ou com o absoluto mau gosto de tudo aquilo. Entrei no carro, bati a porta e, dessa vez, nem disse tchau. E daqui escuto sua risada, Juju.

E o terceiro, esse eu não conto agora. Só quando você voltar, só pessoalmente, só para ver seu assombro, que nem de longe será como o meu, que estou assombrada até agora, e ficarei para sempre. Às vezes tenho a impressão de que fiquei louca, Julia."

Esses eram os alegres parágrafos da carta que Julia lia e relia em seu voo para Brasília, para o velório de Lilian.

Mal tendo consciência dos passos que a levam do aeroporto direto para o cemitério, Julia chega ao velório. Contava ver seu rosto, abraçá-la, sentir o frio do seu corpo e talvez assim finalmente acreditar que a notícia levada pelo telefone à tarde, no seu quarto de hotel, tinha realmente acontecido.

Mas não havia corpo a ser visto no caixão fechado na sala fúnebre de neutralidade exagerada imposta para cercar a dor dos outros. Um Ernesto de pálpebras inchadas, olhos vazios e em pé postava-se ao lado do lustroso caixão de madeira escura. O estado do corpo determinara a descida da tampa do caixão.

A queda do oitavo andar direto em pedras empilhadas para uma reforma deixou seu corpo como um pedaço de carne esmagado, ossos quebrados. Sangue escorrera pelos orifícios naturais e pelos criados pela violência da queda. O crânio pressionado deixara sua cabeça e seu rosto brutalmente deformados, o olho direito pendendo da órbita para um lado, o preto do cabelo espalhado, cobrindo-o em parte. Fragmentos de ossos dos quadris e da clavícula haviam rompido a pele e se projetavam horrendamente para fora.

Ernesto fora o único a vê-la ainda no asfalto, uma das pernas para fora das pedras. A imagem do que vira o perturbara de tal maneira que seus joelhos se dobraram sobre ela, apagando o real e o tempo. Não sabe como saiu dali, para onde foi, como foi. O que recorda é já o dia seguinte, o dia do velório, quando agradece a compaixão de quem ordenara que fechassem o caixão. Não deixaram que a morte terrível levasse também a dignidade de sua mulher, e ele só podia agradecer por isso.

No enterro silencioso, rápido demais, a descrença de todos era presença pesada e paralisante. O pai de Lilian, o velho Tarquínio, familiares e amigos, e o grande, absurdo, inesperado e violento vazio.

Existe a morte quando a vida simplesmente abandona um corpo. Ao ir com ela, em seu lugar, a pessoa deixa o espaço oco. Quando a morte é violenta, não. Atrás de si, a pessoa deixa também um rastro.

02

No voo que a leva de Manaus para Brasília a tempo de acompanhar o caixão de Lilian, Julia, olhos vermelhos de onde lágrimas escorrem tal chuva forte, o que ela vê pela janela do avião não é o céu dali, e sim a cor que presume exata do luminoso céu azul da cidade onde ela e Lilian nasceram, cercada pela mata verde-escura da serra, e o vermelho desbotado da terra seca soltando copiosa poeira fina a celebrar o movimento das ruas. As casas de pé-direito duplo, velhas e sonolentas, apesar das portas e janelas abertas, cheiro dos bichos soltos e das árvores nos quintais: na época em que as duas nasceram primas, no mesmo ano, no mesmo dia e na mesma hora, era uma cidade com o encanto calmo da aparente ordem natural das coisas. Uma cidade antiga e sem luxos. Decoração de casa, objetos bonitos dispostos com esmero, móveis trabalhados, cores não faziam parte do dia a dia daquelas famílias para quem a terra, o gado, o poder político eram tudo que contava. A riqueza da terra a perder de vista, a mesa farta, uma boa rede: o que mais seria preciso? Nas salas, as cristaleiras e um ou outro cadeirão eram as poucas peças que tinham alguma beleza. Nas paredes, se enfeite houvesse, eram gravuras em molduras finas de madeira, ou imagens de santos, Jesus, Nossa Senhora com sofridos corações à mostra como frutas vermelhas e brilhosas. Nos quartos das mães, as penteadeiras e oratórios tinham uma beleza singela, contida. Nos quartos dos filhos, camas e cômodas sem adorno, pouco armário para as poucas roupas. Na parede, algum pequeno espelho sem graça pendurado ao lado da folhinha do Sagrado Coração de Jesus.

As casas dos grandes fazendeiros goianos, mais do que simples, eram quase feias em sua solidez e conforto. Nenhum acessório, nenhuma concessão à delicadeza. Era a estética do "não precisamos do supérfluo". Terra, terra, terra e gado, gado e terra: nesse mundo de horizontes intermináveis, não havia lugar para detalhes, para a riqueza pequena de um lustre de cristal, a beleza de um móvel delicado. Não havia interesse pela sofisticação, pelo cultivo de coisas que de nada serviriam à terra, pela gratuidade da cor e da beleza.

O que importava estava na terra. Terra vermelha, a extensão da terra, terra acastanhada, embranquecida, preta, terra seca, terra esturricada, terra úmida, o cheiro da terra, o gosto doce ou áspero da terra, o som enraivecido ou sossegado da terra, seus bosques e suas árvores retorcidas, e nela o gado, gado branco, preto, castanho, malhado, qualquer raça de gado, a bosta do gado, o esterco do gado, seu cheiro de suor e terra, seu mugido, o capim do gado, o capim ruminado do gado, a baba branquicenta escorrendo da boca sempiternamente molhada desde dentro, e o cheiro do leite saindo quente das tetas rosadas, na primeira entreluz da manhã.

Hoje tudo isso está mudado, o contágio do progresso há muito chegou também às ruas e casas da cidade e às fazendas, de pinturas novas, ostentando móveis que, em um passe de mágica, viram-se transformados em peças valorizadas, *fashion.*

Mas era assim, ainda era assim naquele momento. Tinha sido assim. Tinha sido esse o chão das duas.

Julia e Lilian nasceram ali antes da data programada, enquanto as mães — duas irmãs entre oito irmãos — estavam na cidade de férias, sem os maridos. Devem ter comido alguma coisa, tomado algum chá contraindicado, porque é coincidência demais nascerem as duas antes da hora e justo aqui, dizia a vó, ou foi mesmo Nossa Senhora do Bom Parto querendo que assim fosse. A casa já adormecida encheu-se de ruídos com os dois partos não esperados, muitos gemidos, passos abafados. As brasas do fogão a lenha sopradas às pressas para ferver a água de dois caldeirões, e a vó colocando as duas mães no mesmo quarto para dar conta dos partos simultâneos, contando apenas com a ajuda da velha empregada, boa cozinheira, arrumadeira e, louvado seja Deus!, também experiente em nascimentos.

03

"Lilian Daes nasceu no ano da graça de 1946, e foi chamada ao pai, ainda tão jovem, neste ano do Senhor de 1999."

O padre idoso e curvado que celebrava a missa no enterro disse isso no começo e no final, sotaque carregado de estrangeiro e sem razão aparente para repetir a frase. A não ser talvez a perturbação do calor da sala pequena e lotada e a movimentação dos fotógrafos, dada a importância do assassino preso em fragrante. Julia não conhecia nenhum deles, só o do seu jornal, que felizmente não se aproximou. Talvez tenha ficado encabulado ao vê-la soluçando ao abraçar seu tio e depois se abraçar e sentar ao lado do velho de carapinha alva, deixando escorrer suas lágrimas junto às deles. A mão branca dela aninhada na mão preta do velho amado, o velho Tarquínio sempre presente na casa da avó e, depois de sua morte, convidado para morar com os pais de Lilian.

Julia procurou Ernesto; não o viu. Tinha urgência de encontrá-lo para que ele lhe explicasse tudo, tudo, por favor, Ernesto, tudo. A cabeça sobre seus ombros era uma roda, girando doida e doída. Tinha urgência de entender como Lilian fora parar no quarto de um hotel com sua maligna janela, como fora empurrada por um sujeito que ela jurava que Lili nem conhecia, como acontecera tudo aquilo. O que lhe contaram não fazia sentido.

Esperou para se despedir do tio e de Tarquínio, que voltariam do cemitério direto para Goiânia. Tomou seu carro e foi tentar encontrar Ernesto, que sumira. Deve ter ido para sua casa.

Estacionou o carro e estremeceu ao tocar a campainha que tantas vezes já tocara. Nenhuma resposta. O imenso silêncio reverberado pelo luto afundou o peito de Julia, que recuou e voltou para seu carro. Esperaria.

Era um desses dias reluzentes de Brasília, quando, vistos de longe, os prédios parecem flutuar na leveza do ar.

A casa à sua frente, cercada por um alto muro de concreto cinza, uma pequena elevação cor de salmão despontando atrás, e é lá, a essa casa do Lago Norte que ela se vê chegando num fim de tarde de um passado recente. A casa de Lilian. O portão se abria para árvores, plantas e o Lago Sul. A larga porta de entrada dava para o pequeno *hall*, iluminado por raios de sol que entravam não se sabia bem de onde: à frente, a sala espaçosa, e dali, a varanda e o lago.

Quantas vezes!

E do seu carro, Julia já não vê esse, e sim outro muro, o muro da casa da avó, coberto por uma buganvília vermelha. As duas, que nasceram nas férias, também era nas férias que voltavam à cidade onde a velha casa lhes era imensa, quartos grandes, assoalho de tábuas corridas, compridas janelas de madeira fechadas com trancas, pintura descascando. Nos dias modorrentos de chuva, já grandinhas, sentadas na cama, comiam lascas de pintura descascada com seu gostinho volátil que enchia a boca de saliva, como menta.

Embaixo, no oco do porão de despejo, ruídos ressoavam no escuro. No comprido corredor, à noite, elas escutavam passadas assombradas quando uma despertava e despertava a outra para fazer um xixi sobressaltado no urinol do quarto. A velha casa, na noite escura, tornava-se presa incoerente de sons irreconhecíveis para ouvidos de crianças da capital. Mesmo o ressonar extravagante do ronco da vó provocava tremulações em suas correntes sanguíneas. Aguardavam ansiosas o ronco seguinte, que, se não viesse, era sinal certo de que a vó, tão amada avó, morrera. A elas só restava enfiar a cabeça debaixo das cobertas, rezando para que passassem despercebidas até a luz do sol entrar devagarinho e macia como aconchego de mãe pelas frestas das janelas.

A escuridão fechada da noite pertencia à morte.

Os primeiros sons da manhã vinham da cozinha: ruídos que se espalhavam pelos quartos na casa sem forro, cheiro penetrante do café sendo coado, chá de rapadura fervendo na panela preta de ferro, latas de biscoitos sendo abertas. Eram cheiros e ruídos que as faziam levantar da cama ainda perrengues da noite entrecortada pelo medo. Sentavam-se no comprido banco de madeira, junto à mesa da cozinha, perto do fogão a lenha, onde brasas de brilho vermelho estalavam, fazendo o *crept crept* familiar e reconfortante. Elas tomavam o prato de "peitudo", especialidade revigorante da casa: chá de rapadura saindo da fervura na chaleira preta de ferro e despejado no prato fundo sobre a farinha de milho e fatias finas de queijo que se derretiam ao calor do líquido quente.

Alegres, acomodavam-se nas janelas que se abriam para a rua, e viam passar os meninos descalços, pratinhos de ágata descascada levantados pela mão de bracinhos magros vendendo pequis graúdos da cor da gema do ovo, mangabas esverdeadas, miúdos e sumarentos cajus da serra, vermelhos, amarelos, verdolengos. Passavam os vendedores de "puxa", feitas de rapadura, batidas e puxadas até ficarem amarelas, cortadas em tiras finas e enroladas em grosseiro papel cor-de-rosa: sua doçura dourada grudava nos dentes e lhes dava a certeza de que existia um céu na boca. Passavam vaqueiros a cavalo, cumprimentando-as gentis com o chapéu, ou indiferentes e alheios, preocupados com suas coisas. Nas manhãs de sorte, passavam boiadas que ocupavam a rua inteira. O cheiro intenso invadia as casas e os mugidos penetravam até o fundo mais fundo da cabeça; a rua transformava-se em um espetáculo amedrontador e belo, invadida por uma força aos olhos delas incontrolável e cujo cheiro permanecia por muito tempo nas calçadas salpicadas de bostas, grandes bostas amarronzadas e pretas, endurecidas por fora e macias, cremosas, por dentro.

04

Julia desce outra vez do carro e outra vez aperta a campainha. Não espera o silêncio. Aperta e aperta. Tem certeza de que Ernesto está ali.

E o portão se abre para que ela entre com seu carro. Não quer fazer isso. Quer entrar imediatamente e quase corre pelo portão aberto. É absoluta sua necessidade de conversar com Ernesto, ter dele a informação que possa lhe dar, ainda que mínima, uma compreensão qualquer do acontecido. Sua mente treinada na racionalidade recusa-se a aceitar o que acontecera sem algum tipo de explicação, justificativa, razão, por mais trágicas que fossem.

Ernesto lhe oferece o uísque que tomava. Julia recusa.

Sentados frente a frente, na sala da casa cujas cores intensas pareciam agora desastrosas mesmo com as cortinas fechadas, Ernesto lhe mostra o bilhete que Lilian deixara para ele, no dia em que foi embora, um bilhete de três frases com a letra miúda que os dois conheciam bem: "Se puder, um dia me perdoe. E jamais duvide que só você eu amei. *SEMPRE*."

— Perdão pelo quê? — surpreende-se Julia.

E então ele lhe conta o inimaginável. O que soubera na longa tarde do dia anterior, através do advogado. Como Luiz Genésio Capoano contratara três michês para assediar Lilian, e o último conseguira. Fala como se despejasse uma perplexidade incontrolável: Genésio Capoano, o assassino. Por vingança, Julia, vingança. A área que ele queria será decretada de interesse público. O decreto já está pronto e aprovado, não tem volta atrás. E o miserável já conseguiu outra área com o Turismo para seu parque absurdo.

Tentando articular as frases de maneira que fizesse sentido, Ernesto parecia estar como em outra dimensão, algum outro mundo.

— Genésio Capoano contratou três caras. Três. — Pausa. — Contratou. — Outra pausa. — Começou depois que abrimos o processo da desapropriação, e tive a primeira conversa com ele. Faz meses. Não sei quantos.

Seu corpo tremia, o copo junto. Ele parecia procurar as palavras em um fundo espesso. O fundo do abismo onde está.

— Um deles conseguiu. Capoano mandou filmar o vídeo dos dois. Trepando, Julia, trepando. — Ergue-se, abrupto. — A cena está gravada nos meus olhos. Queimando. — E arremessa longe o copo trêmulo de uísque, que se quebra, retinindo em pedaços. Feroz, anda pela sala, até que inesperadamente se acalma. Pega outro copo, despeja mais uísque e volta. — Lilian se apaixonou, Julia. Sim, foi. Ou achou que se apaixonou. Dá na mesma...

Onde estão as palavras?

Julia quer ajudá-lo, acompanhá-lo no enfrentamento desse assombro. Mas não pode. Só ele sabe como chegar até lá.

Ernesto não se lembra de como saiu de casa depois de ver o vídeo de Lilian, um vídeo, Julia, eu vi. Ela também viu. Ele acha vagamente que esteve andando desnorteado pelas ruas, depois parou em algum lugar, mato. Acha que gritou no portão do maldito. Queria matá-lo, ali, naquele momento, tanto como quer matá-lo agora. Deveria ter feito isso. Deveria ter evitado que ele completasse seu crime, que matasse sua mulher. Por que não o matou?

Cobre o rosto com as mãos, que tremem, e Julia põe os olhos em seus cabelos. Sujos, oleosos, fios grudando uns nos outros. Tem vontade de abraçá-lo e chorar também. Mas espera, porque ainda não compreende.

Ele retornou a sua casa, longas, incompreensíveis horas depois, a roupa rasgada, a camisa suja de vômito e carrapicho, braços e mãos arranhados, rosto disforme. E Lilian já não estava lá.

Julia começa a emendar um pouco melhor o que ouve.

— Sei quem é esse Genésio Capoano. Lembro que você negou a licença que ele queria.

— Neguei. Seria um crime não negar. Em nenhum momento desconfiei que era atrás de Lilian que ele estava. Não entendo por que ele quis matá-la, depois de tudo que nos fez? — Longa pausa. Goles do seu copo. — Sou eu o culpado, Julia. Não percebi que a vítima maior seria ela, e não eu.

— Não se permita pensar esse despropósito, Ernesto. Como poderia ser culpado por um ato que outra pessoa cometeu?

As mãos brancas dele envolvem outra vez o rosto desfigurado e tremem com soluços que não controla mais. Julia, que mal dava conta de si, precisa continuar:

— Lili sempre amou você, Ernesto. Como ela diz no bilhete. Muito. O que aconteceu deve ter sido um momento. Como poderia escapar de sedução tão maquiavélica! Sou testemunha do quanto ela era feliz com você, e olha que sou eu quem está falando, eu, que não fiquei nada contente quando vocês se casaram, sei que você se lembra. Achava Lili novinha demais, vocês dois muito diferentes um do outro. Acabei tendo que reconhecer o amor dela por você e como eram felizes.

Ernesto seca os olhos com as costas das mãos.

— Ela chorou quando você não quis ser nossa madrinha e quando soube que ia viajar para não comparecer a nosso casamento.

— Ah, me arrependo tanto dessa tolice! E fiquei um tempão sem visitar vocês. Sinto um nó no peito e me envergonho.

— Você estava certa, estava adivinhando o mal que eu faria a ela.

Os soluços convulsionam outra vez seu corpo.

— Não se deixe cair nesse buraco, Ernesto. Não faça isso com você.

Ela aperta seus ombros e sua vontade é se juntar aos soluços dele, se entregar à mesma sufocante tristeza, chorar, chorar, é necessário chorar, não prender no peito o peso arrasador do sofrimento. Mas não se entrega ali, não nesse momento. É preciso ser um apoio para Ernesto. É preciso falar, lembrar, lembrar, é isso que ela faz, e vai lembrando em voz alta para ele:

— Teve aquela festa em que eu estava fumando, meu pai chegou, e Lili tomou meu cigarro, fingindo que era quem estava fumando, nem sabia tragar, se engasgou, depois rimos à beça, mas você ficou puto. Disse que ela não deveria ter assumido uma culpa que não tinha, que parasse de tomar minhas dores.

— Foi sempre assim. — A voz agora amarga de Ernesto. — Lili sempre te defendia.

Julia já não se contém e se levanta, e agora é ela quem anda pela sala, respirando fundo até se acalmar.

E Ernesto fala do outro bilhete, o que a polícia encontrou debaixo do travesseiro na cama do hotel, que Lilian havia escrito. A polícia levou, mas ele o copiara:

"Estou com muito medo. Por que fui dizer a Capoano que tenho provas sobre suas...?", o segundo esse do "suas" apenas começado.

— A que ela estava se referindo?

— Ninguém sabe. A polícia vasculhou o quarto do hotel e veio aqui e vasculhou nossa casa, o viveiro, a casa toda. Eles não acharam nada.

— E os diários de Lilian? Eles mexeram nos diários dela?

— Consegui esconder. Não ia deixar que eles mexessem nisso.

— Tinha alguma coisa neles? Você viu?

— Não tenho coragem de olhar os diários. De jeito nenhum. Foge das minhas forças.

Talvez ali pudesse encontrar alguma resposta para tantas perguntas, mas o receio do que poderia encontrar o paralisava. Julia entendia. Que outra nova Lilian poderia esperá-lo entre aquelas páginas? Ernesto quis queimá-los, mas o mero pensamento lhe pareceu uma ofensa terrível a sua memória. Não sabia o que fazer.

— Não queime — diz Julia. — Guarde-os para algum momento no futuro, ou nunca. Mas não queime. Pelo menos, não agora. Tampouco eu teria coragem de lê-los, mas é o lugar onde ela pode ter deixado alguma pista. Você se importa se eu olhar as páginas finais?

Sem responder, Ernesto vai até a biblioteca e de lá tira uma encadernação e, de dentro, o caderno de pauta onde ela mantinha o diário. Os antigos, de formatos diferentes, estavam em uma gaveta do escritório, supostamente o escritório só de Ernesto, onde ele também colocara o último, o que estava no viveiro, e onde a polícia olhou, mas não se deteve. Talvez achassem que era coisa sobre as plantas. De fato, Lilian desenhava muitas plantas nele. Perguntaram apenas se os vídeos de séries policiais em outra gaveta eram dele ou da mulher. Eram dela, Lilian é quem gostava desses filmes e séries. A busca preferencial dos policiais foi feita nos espaços que lhes pareceram mais do reino de Lilian: as duas salas, quarto do casal, quarto de hóspede, cozinha, despensa, área de serviço e o viveiro, que mal consideraram. Devem ter achado que era mesmo um viveiro e só. A busca no escritório de Ernesto fora qualquer coisa, menos minuciosa, como se respeitassem sua perplexidade ou, o mais provável, o considerassem o marido enganado e inocente das aventuras da mulher.

— Este é o que estava na gaveta da mesa do viveiro — ele diz.

Julia abre o caderno e o folheia para se deter nas últimas páginas.

Não encontra nada. Na última página, apenas garranchos manchando as linhas pretas no branco: "VERGONHA vergonha SORDIDEZ tudo SÓRDIDO." E a marca agressiva de várias páginas arrancadas antes.

— Havia alguma coisa no lixo, quando a polícia esteve aqui?

— Não, acho que não.

— Tem certeza?

— Tenho. Um policial me perguntou se eu sabia o que ela havia queimado. Eu não sabia, e ele não insistiu, marido traído não sabe de nada.

Julia aos poucos vai compondo uma decisão em sua cabeça. É preciso que faça alguma coisa, qualquer coisa, para descobrir o que Lilian tinha para entregar à polícia. Que provas ela teria encontrado contra Luiz Genésio Capoano. Deve isso a ela. Sente que Ernesto também precisa de sua ajuda, e acredita que também isso ela deve a Lilian.

— Tem algo que podemos fazer, Ernesto. Nós dois. Investigar os negócios desse crápula, expor seus escândalos. Todo mundo sabe o que ele já fez, mas ninguém tem provas, essas provas que Lilian disse ter. Temos de encontrar essas provas. Nós dois, Ernesto. Você me ajuda?

Ernesto não responde. Um sinal mole com a cabeça é tudo.

05

Ao sair da conversa com Ernesto, o sol a pega de surpresa, como se Julia tivesse esquecido, na sala sombria de janelas fechadas, que havia um dia lá fora. Quase sem ter consciência do que fazia, dirige o carro até a Ermida Dom Bosco, a capela minúscula à beira do Lago Sul.

Precisa pensar. Entender. Precisa esgotar não seu luto, pelo menos seu pranto.

O sol está quente, mas Julia se encolhe de frio, frio de anestesia, doentio. Ruim. Não ter visto Lilian! Com que direito lhe proibiram abraçar sua prima-irmã? Não importa que estivesse descomposta. Queria ter chorado abraçada a ela, tocar pela última vez seus cabelos, cabelos que, mesmo morta no caixão e debaixo da terra, ainda continuariam pura seda, noite escura penetrando com ela nessa outra infinita e desconhecida escuridão.

Com o tempo, vão se desfazer, partículas infinitesimais, terra macia, fios de minérios, hematita, ouro.

Seus cabelos longos, descendentes diretos dos cabelos da avó das duas, que ao se arrumar para dormir à noite, antes de se deitar, refazia sua grossa e comprida trança, sentada no banco em frente a seu oratório no quarto. Soltava primeiro a trança do dia, e escovava mansamente os fios brancos que uma vez foram tão negros como os de Lilian. A vó dormia com uma simples camisola de cambraia branca e mangas compridas, mas nesses momentos, parecia tão etérea, jovem outra vez, de cabelos soltos, partindo para mundos infinitamente distantes que ninguém jamais saberia quais eram. Por fim, ainda muito suavemente, armava uma única trança grossa e comprida e depois a enrolava firme, formando um coque. Só então ia se deitar. Na manhã seguinte, ao acordar de madrugadinha para a missa, casa na entreluz, o cabelo amanhecia pronto para os compromissos do dia.

É isso que Julia quer fazer agora. Escovar mansa, terna, carinhosamente os cabelos negros de Lilian. Que está morta, enterrada, começando seu processo de putrefação, fechada, coberta de terra, logo ela, meio claustrofóbica.

As duas crianças ainda, Lilian vem lhe contar, ainda trêmula, olhos desorientados com a gravidade do segredo: "Se eu te contar uma coisa, você jura que não conta pra ninguém?" "Juro." E trêmula, tão menina, conta quase num sussurro como estava brincando no pequeno armário de roupa suja do banheiro quando o pai entrou. Era uma brincadeira boba, mas Lili tinha essa mania, gostava de se meter dentro do pequeno armário, sabe-se lá por qual razão: para se esconder, para ver se ainda cabia dentro do pequeno espaço, para sentir o cheiro azedo de suor e corpo humano. Para brincar, enfim. Nesse dia, surpresa, constrangida, pega numa pequena impropriedade — *Escondida outra vez nesse armário sujo!* —, não soube como sair ao escutar os primeiros ruídos do pai; quando se deu conta, já era tarde. Ele havia tirado a roupa e entrado no chuveiro. Presa em sua própria armadilha, ficou ali fechada, o terror de ser flagrada acompanhando os pingos da água do chuveiro, rangidos da cortina de plástico, sabonete caindo escorregadio no azulejo azul. E lá ficou enrolada com seu pânico nas roupas com seu ranço sujo durante o tempo eterno que durou o banho e barulhos íntimos, a procura espasmódica de catarros e tentativas de esvaziar os gases do intestino, até que, um desesperado tempo depois, escutou o roçar da toalha enxugando o corpo masculino e proibido. Depois, o suave movimento de roupas sendo colocadas, chinelos no pé, pente deslizando no cabelo certamente molhado. E então, o barulho da fechadura, a porta que se abre, e o ansiado silêncio do vazio. Nunca mais suportou pequenos espaços fechados. E agora está fechada outra vez, e para sempre.

Ali, Lilian já não escuta ninguém.

E elas, as duas que nasceram juntas, na mesma casa, no mesmo dia, na mesma hora, agora separadas assim!

À noite, insone, Julia pensa que talvez pudesse ir ao antigo Café Central, em Goiânia, na Avenida Anhanguera, onde ainda é possível contratar pistoleiros que matam por contrato, lera outro dia numa matéria da *Folha de S.Paulo.* Sim, poderia ir até lá. Seria fácil entrar, examinar os rostos daqueles homens fazendo hora na calçada, encostados no balcão, conversando em grupos ou solitários de olhar no vácuo. E certamente, se olhasse bem, atenta aos detalhes — era boa nisso —, acabaria percebendo quem tem algum sinal. A intimidade com assassinatos não deve passar impunemente, com certeza deixa alguma marca que ela saberá reconhecer — não deve ser tão difícil quando se tem essa preocupação, a necessidade. Ela suportaria o olhar encarado dele e chegaria perto e perguntaria, direta, simples: quanto você cobraria para matar um homem por mim?

Quem sabe fazer esse cálculo? Quem sabe quanto valeu a vida de Lilian? A vida de uma mulher comum?

O homem do Café Central, um profissional, deve saber.

Ele vai encará-la de um jeito que por um segundo ela pensaria, merda, errei, não é ele... Mas algo na sua boca levemente torcida, no cigarro que vai, lento, tirar da boca, jogar no chão e apagar com o pé, enquanto pensa o que vai lhe responder, encarando-a, devagar, devagar, agora é sua vez de analisá-la, observá-la, achará estranho uma mulher vir procurá-lo assim... Vai pensar, refletir também, cada movimento um século: qual é a dessa madame?

Ela estará rígida como madeira seca nessa hora.

Ele será exasperantemente lento. E quando, por fim, levantar imperceptivelmente a cabeça para lhe responder, sua voz será também direta, mais seca do que a dela, dura.

— Tanto.

E então, o que ela diria?

Nada.

A coragem dos seus delírios não passa daí.

06

Ernesto não é feito da matéria com que se forjam os heróis, e não será o herói desta história, que, aliás, não tem herói nem heroína, tem pessoas comuns feitas com a matéria contraditória, ambígua, volátil, mutante com que se faz qualquer vida.

E jamais poderia ele prever algo de ruim, naquele dia no Ministério do Meio Ambiente, quando acabara de sair do gabinete do ministro, a quem explicou detalhadamente que o terreno cobiçado pelo empresário Luiz Genésio Capoano para seu projeto da Brasineylândia é justamente parte da área de mananciais com espécies únicas de vegetação nativa, cujo processo para transformação em área protegida o ministério se esforçou tanto por defender, e que neste momento já está na etapa final de aprovação. Já passara por todos os órgãos competentes, só esperava a homologação. O ministro falou sobre pressões que ainda vem sofrendo para anular o processo de avaliação nas mãos de Ernesto, e refazer tudo, mas não fará isso, sabe perfeitamente a importância da preservação dessa área, que pertence ao governo federal, e não ao governo de Brasília, felizmente. Capoano e seu pessoal argumentam que o projeto criará empregos, trará investidores e dinheiro para o DF; estão se lixando para mananciais e vegetação nativa. São aliados, frutos dessas coligações políticas espúrias que tantas vezes somos obrigados a fazer, reitera o ministro.

— Resista, Ernesto, que também farei o mesmo — continua em alto e bom som. — E que Deus nos proteja a todos! — Esse é um ministro que dá sempre um jeito de colocar Deus em suas conversas.

Chegando a seu gabinete, e passando apressado por Silvia, a secretária, que lhe faz um sinal de querer lhe dizer alguma coisa, mas ele não se detém para escutar, depara-se com um conhecido deputado do Paraná, refestelado no sofá de sua sala privativa. Ainda na porta, ele se volta e, só então, escuta Silvia, agastada, lhe explicar que o deputado fora entrando sem esperar permissão.

— Dr. Ernesto, chamei o Dr. Fabio para ver se ele podia dar um jeito nisso, mas aí o senhor chegou.

— Tudo bem, Silvia. Assim que o Dr. Fabio chegar, por favor, diga-lhe que entre imediatamente.

E sem tentar disfarçar o desprazer de ver o deputado agindo como se fosse dono do escritório, Ernesto o cumprimenta com frieza, vai para trás de sua mesa, e não para o sofá ao lado do invasor de seu espaço; com impaciência, pergunta o que o traz ali.

Conhece o deputado, e não gosta dele. Tipo corpulento, andar descompassado, sempre passando o lenço no rosto para secar o suor e assoar o nariz. Rinite, é provável. Um desprazer ter que recebê-lo. Sem vacilações, o deputado se aproxima da mesa e, sobre ela, coloca a pasta que estava a seus pés, ao lado do sofá.

— Abra-a — diz ele com voz de quem ordena. — Estão aí os últimos estudos técnicos provando a viabilidade do projeto dessa terra até agora inútil e improdutiva; não prejudicará em nada a área dos mananciais nem as florezinhas nativas que você tanto preza.

Controlando a irritação ascendente, Ernesto responde que já estava absolutamente comprovado o contrário e que não tinha tempo nem estava disposto a voltar a esse assunto. O deputado insiste:

— Abra. Por favor — acrescenta —, prometo que será nossa última tentativa.

Mas percebendo que Ernesto não iria abri-la, ele mesmo o faz, mostrando os dólares que a preenchem. Ernesto, então, se levanta, furioso, e ordena — sem traços de gentileza dessa vez — que o deputado se retire imediatamente.

— Diga a seu chefe que aprenda que nem todos são corruptos como vocês.

Ao que o nobre deputado, agora também irritado, responde com desdém e um sorriso de cinismo e desfaçatez transparentes:

— Quem vai se arrepender no final é só você, Dr. Ernesto.

Nesse instante, Fabio, seu assessor, entra e cumprimenta o deputado, que não responde e passa por ele, secando o suor do rosto, ofegando como se tivesse recebido uma ofensa mortal.

Quando alguém escuta uma ameaça, o que faz? Leva a sério, avisa a polícia, de alguma forma se prepara, ou deixa o mundo girar?

Ernesto sabia que deveria levar a sério, mas só tomou providências quando, dias depois, ao sair do ministério, já noite, pegou o Eixão vazio, ligou o som em uma gravação de música clássica, primeira medida de seu ritual particular de começar a se livrar do estresse, ainda que depois do episódio da mala a coisa tivesse andado até tranquila naqueles dias, sem maiores incidentes nem assédios, com Fabio lhe contando que o pessoal do Genésio Capoano estava conseguindo emplacar seu projeto com a Secretaria de Turismo do DF em outra área mais distante, e Ernesto pensou que seria um bom momento para tirar umas férias, conhecer Istambul, como Lilian tanto queria. Falaria com ela esta noite, combinariam a data, escolheriam o roteiro. É tão prazeroso esse momento de preparar uma viagem, escolher um entre todos os roteiros possíveis! Lili adora isso, e é então que vê seu carro cercado por quatro motoqueiros, capacetes pretos, roupas pretas, clara intenção de amedrontá-lo, e ele pensa em assalto, em sequestro, pelo retrovisor não vê nenhum indício de outro carro, o que eles querem?, chegou minha vez de enfrentar a violência crescente desta cidade? Acelera, os quatro aceleram também, e ele se esforça para ficar calmo; pega o celular e tenta ligar para a polícia, qual é o número da polícia?, e como no despertar de um pesadelo, os quatro de repente seguem em frente, deixando-o para trás, não sem antes fazerem vários gestos de degola e tiros, e agora, sim, ele realmente se assusta.

E se assusta mais ainda quando entra em casa, atende o telefone, que toca, e escuta estrondosos sons de freadas e tiroteio.

Tenta se acalmar antes de procurar Lilian. Pela janela, vê seu vulto no viveiro iluminado. Melhor assim, não quer assustá-la. Liga para Fabio, que também fica perplexo com seu relato, uma óbvia ameaça, mas de quem? Genésio Capoano já não havia conseguido outra área? Quem pode estar por trás disso? Estão vivendo dias tranquilos no ministério. Seja como for, decidem contratar imediatamente um segurança para Ernesto; ele avisará Lilian que é apenas precaução, já passaram por isso, e terão que passar outra vez. Não pode ser nada muito sério. Se quisessem matá-lo, poderiam tê-lo liquidado com facilidade naquela hora, no Eixão vazio.

Olha outra vez o vulto de sua mulher pela janela. O viveiro é um puxado que construíram na área que dá para o lago. Para flores do Cerrado, ela dizia, fez até curso, mas acabou dizendo que era impossível, não havia tecnologia para isso, ou foi outro fogo de palha. Ainda chamam de viveiro; não é mais. Restam algumas mudas que ela ainda cultiva — ele raramente vai até lá —, mas aos poucos o transformou apenas em um lugar onde gosta de passar um tempo, lendo, fazendo meditação, coisas dela. Vê-la assim tranquila, o facho de luz envolvendo-a na domesticidade da cena tão familiar e querida, tem o dom de ir tranquilizando-o aos poucos. Ele a ama com uma profundidade que às vezes o assusta. Sua vida foi construída em torno dela, para ela. Mesmo a falta do filho, que no início queriam tanto e se tornou impossível depois de uma primeira gravidez abortada, não lhe importa. Tudo que importa é ela.

Indo a seu encontro, Ernesto não pensa mais na viagem a Istambul.

Terá primeiro de averiguar de onde vieram aqueles quatro cavaleiros do apocalipse.

07

Há uma festa na casa do Embaixador Hamilcar Camargo, compromisso ao qual não podem faltar. Ernesto diz a Lilian que pretende ficar pouco tempo; anda cansado, sem saco para recepções. As investigações para descobrir de onde vieram os motoqueiros e os telefonemas que continuaram a tocar com sons estridentes de desastres e tiros infernizando as noites de sua casa ainda não tinham esclarecido nada. Ernesto está aflito, e está no escuro. Fabio vem insistindo para que recorram à polícia, mas ele tenta evitar, não acha prudente, não quer policiais acompanhando sua vida. Até agora, tem conseguido manter Lili mais ou menos longe de suas atribulações, e prefere que permaneça assim.

Um pouco atrasados, chegam à festa. Lilian está magnífica. Sorriso de dentes perfeitos, covinhas, olhos leitosos de tranquilidade e o tom dourado da pele, macio dourado da gema escura, realçam a alvura do vestido branco.

Logo ao entrar, Ernesto vê Genésio Capoano e Lombardi — o faz-tudo e operador do empresário; estão em um grupinho com um pessoal do Turismo; todos olham quando eles passam, e, ainda que possa ser paranoia, Ernesto sente-se quase nauseado com o cinismo que, mesmo sem se deter, sabe que coloca um sorrisinho naquelas bocas esganadas, insaciáveis. Cumprindo com as formalidades sociais de seu posto, vai se juntar a uma roda de políticos — viera ali para isso; Lili toma o rumo do jardim, onde poderá encontrar conhecidos. Já esteve ali em outras recepções e admira o bom gosto do embaixador, a mão por trás daquela elegância: o jardim exuberante, as mesas sob o caramanchão ao redor da piscina, a decoração impecável em tons brancos e amarelos que já começa a apreciar a distância. No curto trajeto, se vê abordada por um senhor que não conhece. Dizer senhor talvez seja inadequado, pois deve ter mais ou menos a idade dela; discreto, simpático. Pede desculpas por se aproximar sem ser apresentado, soube que ela trabalhava com cerâmica e queria conhecê-la, pois também trabalha nessa área.

— Há um engano — diz ela — não sou ceramista.

— Ah, me desculpe. — Os dois riem. — Seja como for, é um prazer conhecê-la — apresenta-se, Abelardo, e a conversa flui e se prolonga na mesa onde se sentaram, até que Ernesto a procure já para se despedir do anfitrião.

Para ela, foi uma noite agradável; para Ernesto, não. A leve náusea da entrada despertou sua gastrite e, depois, a insônia. Lilian dorme, e ele vai para a varanda, em frente ao lago.

As noites de Brasília são suaves, e há luar; as águas do lago em frente a sua varanda recebem em cheio o clarão oblíquo, protagonistas de uma cena tantas vezes repetida àquela hora, naquele lugar, naquele momento do ano.

Ernesto olha em direção ao viveiro. A essa hora, é apenas um bloco escuro no canto direito do gramado bem cuidado, e ele pode pressentir lá dentro o silêncio compartilhado pelo lago e pelo jardim. Galhos do jasmineiro se espalham pelo telhado da garagem; está coberto com miúdas flores brancas adocicadas que perfumam a brisa. Lilian trouxe as mudas de uma festa de família em Goiânia. Por que se lembrou disso agora? Por que aquela festa foi a primeira e única vez em que ele cedeu à pressão de um empresário? Coisa de pouca monta, mas para ele, ficou como uma nódoa que vira e mexe voltava a anuviar a integridade que sempre fez questão de manter. É desses que devolvem os presentes que recebem no cargo, no conhecido assédio dos que tentam usar a roupagem de uma amizade ad hoc, presentes que chegam em momentos tão constrangedores que é quase impossível descartá-los, como aquele anel de platina que Lilian ganhou de um lobista que se fez convidar para uma festinha de comemoração de seu aniversário, um anel caro da HStern, mas completamente fora de seu estilo, um presente descabido por seu valor.

— Mas como devolver? — perguntou Lilian. — Ele veio com a esposa, fez parte da festa, como devolver o que trouxeram? Aliás, foi ela quem me deu, vai parecer grosseria. Não sei como fazer isso sem ofendê-los. Eles são tão jovens; ela deve ter uns vinte anos, e ele, pouco mais de trinta. Se ele estivesse te pedindo alguma coisa... Está? — Não, não estava. Naquele momento, não. — E de fato, esse menino — Lilian está certa, ele deve ser jovem. — nunca foi dos piores; expõe seus argumentos, mas não pressiona. Nunca chegou ao nível a que muitos chegam, nesse cargo tão sujeito a todo tipo de pressão e ameaças como as desse escroto do Genésio Capoano.

Na época do Natal, são caixas de uísque ou vinho, cortes de terno italiano, perfumes franceses para Lilian, passagens internacionais. Uma indústria de presentes por interesse, e parece normal receber, se todo mundo recebe, é antipático querer ser diferente, torna-se um chato moralista. Ele não se importa com essa fama, devolve boa parte das coisas. É muito sutil a linha entre o agrado e o suborno. Quem sabe exatamente onde traçá-la? Para ele, é o valor monetário do presente, o que lhe permite aceitar, por exemplo, as cestas de Natal que Lili adora. Evidentemente, não é santo e às vezes derrapa, como na festa em que Lilian pegou as mudas do pé de jasmim. Esse maldito jasmineiro não o deixa esquecer que aceitou a carona no Learjet do empresário que o viu perder seu voo para Goiânia. Manhã de sábado, a festa era um almoço, não teria como chegar no horário, e havia prometido que iria. Poderia pegar o carro, mas chegaria muito atrasado, e é mesmo profissional a maneira como certos sujeitos agem: esse empresário, ele mal o conhecia, mas quando Ernesto lhe disse: "Ah, muito obrigado, não é preciso", ele insistiu veementemente, dizendo que o avião estava mesmo indo para lá. Depois, o piloto lhe disse que não era bem assim. Era o único passageiro, e a ordem recebida era deixá-lo em Goiânia e voltar. Felizmente, esse empresário nunca precisou de Ernesto para seus negócios (pelo menos, até agora), mas se por acaso se encontram, abraça-o como se fossem velhos amigos.

Às vezes é difícil recusar esses presentes, e ele sabe que exagera. Quando recebeu convites para o show do Paul McCartney enviados por um bandido de um empresário que vivia o assediando, e ele devolveu. Lili ficou frustrada, mas entendeu. A intragável da Julia, mais uma vez, teve que fazer sua gracinha, com aquela vozinha dela: "Mas, Ernesto, o que você tem contra o Paul?" Outra vez ele se muniu de toda paciência para lhe explicar que o problema não era o Paul McCartney (sua idiota, quis dizer, mas não disse). São atitudes tão entranhadas no sistema que parecem fazer parte da ordem natural das coisas, a partir dos pequenos agrados. A decorrência lógica disso é a montagem do sistema de comissões, suborno, ameaças que assolam a cidade. Uma porrada de pressões o tempo todo. Todos cansados de saber tanto das pequenas imoralidades como dos grandes crimes. Como se todos considerassem natural a utilização do bem público como bem privado. A política de sedução considerada um jogo de marketing e afins. Você vê pequenas empreiteiras, com jovens executivos recém-formados, usando as mesmas táticas porque foi assim que aprenderam a trabalhar e por que sem elas não têm futuro. É um mal necessário, pensam: e se todos fazem, por que serei eu a não fazer? Uma nação sem caráter, um país onde, se você não sabe tirar vantagem, você é um tolo moralista. E tolo pobre, o que é pior.

Mas teve outro fato bem desagradável naquela festa de Goiânia, uma quase briga com o sogro. A sogra morrera recentemente por irresponsabilidade médica, mas seu sogro, homem religioso, afeito a dar a outra face, negava-se a processar o médico. Não era de seu feitio prejudicar ninguém, argumentava. Para Ernesto, essa atitude complacente significava deixar o médico livre para cometer outros erros graves. É questão de princípio, a pessoa deve arcar com as consequências de suas irresponsabilidades, ainda mais um médico, ainda mais quando estava em jogo uma vida. Lilian, vendo que a discussão começava a esquentar, aproximou-se, e pela primeira vez em sua vida de casal, discutiram a sério e em público. Ela o acusou de ser tão rígido em seus princípios que se esquecia de respeitar os princípios dos outros, como esse do seu velho pai, que era o de perdoar.

Não sabe até que horas ficou ali na varanda com seu copo de uísque; entrou pela madrugada adentro. Gosta de ficar ali, escutando música, mas nessa noite, quis a companhia do puro silêncio para aplacar a perturbação ruidosa de seus pensamentos.

Depois, Ernesto tentaria entender sua desatenção à Lilian naqueles meses pelo inferno particular que estava vivendo. Telefonemas ameaçadores e insistentes, estresse cotidiano ao ir e voltar do trabalho ou sair para qualquer outro lugar no carro, que passara a ser dirigido pelo segurança, e a incerteza de estar agindo certo ao não querer envolver a polícia nesse assunto. Um pouco mais de tempo, no entanto, e ele entenderia que tudo era parte do mesmo plano, e que nada, nada o desculpava, nada desculpava não ter contado a Lilian tudo o que estava acontecendo quando ela vinha lhe perguntar, preocupada com seu alheamento. Por que ele andava tão tenso? Por que a estava alijando de suas preocupações? Com o que andava tão angustiado? Mas ele, o imbecil, não queria preocupá-la, não queria que ela vivesse na mesma tensão que ele, dizia que a presença do segurança era cada vez mais desnecessária, apenas um resquício da preocupação por aquele empresário desprezível, o abjeto Capoano.

E foi assim que ele, o imbecil, não percebeu quando Abelardo começou a visitá-la com uma constância que deveria tê-lo alertado. Quando, uma tarde, chegou em casa e viu os dois conversando animados no viveiro, foi até lá, e uma Lili sorridente os apresentou. Quer dizer, apresentar mesmo, não, que eles já haviam sido apresentados na festa do Embaixador Camargo, e foi isso que ela lhe disse, voltando a contar também que ele, ceramista, faz peças lindas, "e me deu esta, superespecial, olha", e mostra a forma colorida de uma folha seca sobre sua mesa.

— Um presente especial para meu viveiro. — E sorriu.

Depois, ele ainda os viu duas, três vezes ali, mas não chegou a se aproximar, pensando que era até bom Lilian começar a se interessar por cerâmica, dar alguma utilidade para o espaço. De fato, em sua cabeça, não havia entrada para outra coisa que não suas próprias preocupações. E Lilian jamais, nunca, em momento algum de seus vinte anos de casamento e cinco de namoro lhe dera motivos para ciúmes ou desconfianças. O amor entre eles, a paixão que permanecia — e parecia até ter aumentado naqueles dias —, o entendimento entre os dois, a compreensão mútua, tudo isso lhe pareceria depois uma inócua justificativa de seu egocentrismo e cegueira. E quando à noite ele a via sob o foco de luz, lendo e escrevendo, parecia estar lendo pouco e escrevendo mais, provavelmente no diário que mantinha desde quando a conheceu, antes de se casarem. Um diário que ela disse apenas uma vez que era só para ela e lhe pediu que não o abrisse, nunca, por nada, porque assim se supõe que seja um diário, pessoal e privado, e ele jamais o abrira porque respeitava sua privacidade, e respeitava tanto que nem tinha curiosidade em lê-lo. Mas por que, então, ao vê-la escrevendo naquelas noites, se perguntou, talvez pela primeira vez, o que será que ela tanto escrevia?

Pobre Ernesto. Tão desarmado. Sem malícia, sem defesas. Tão rigoroso consigo mesmo e com os outros. Traçou seu caminho e seguiu. Sem vacilações, como se tivesse aprendido a andar só em estrada reta. Sem curvas nem encruzilhadas; nem pontes, nem pedras.

Talvez intuísse que levava dentro de si uma tendência para a tragédia que sempre se esforçou por conter. Talvez já soubesse que, caso se distraísse por um minuto sequer, poderia ser levado para um abismo que só ele conhecia, e onde está agora.

08

Seis dias antes do velório de Lilian, o empresário Luiz Genésio Capoano acordara bem cedo, como de hábito, só que especialmente contente. Era um dia pelo qual esperara muito e Lombardi havia lhe avisado na noite anterior que, finalmente, a estratégia dera resultado. Tudo estava pronto, nos mínimos detalhes, como ordenara.

A boca lasciva pareceu se abrir de orelha a orelha. Não se continha de expectativas: ah, os detalhes!

O pessoal já estava a caminho com a encomenda.

De frente aos espelhos do banheiro que ocupavam todas as paredes, deixando tonto quem ali entrasse pela primeira vez, Capoano ria. O riso obsceno conhecido em várias esferas.

Desfrutava: ah, os detalhes! O volume, o tamanho, a remexida gostosa? As coxas! A boca! Chupava bem? Lambia com gosto?

O interfone tocou quando ele estava no chuveiro. Fosse um dia normal, ele diria dois ou três palavrões antes de atender, mas hoje não. Como criança, saiu ensaboado e aos pulos do box, molhando o mármore do piso — uma pervertida criança atrás de seu presente.

— Diga.

— O senhor pediu que lhe avisasse quando o Sr. Lombardi chegasse. Ele acabou de chegar.

Outra vez debaixo da água gelada do chuveiro — fazia questão de se enxaguar com água geladíssima, crença antiga de que assim conservava o bom desempenho de seu físico —, tirou rapidamente a espuma do corpo e saiu, embrulhando-se na toalha felpuda e sacudindo como um leão o cabelo grisalho ainda volumoso. Abrindo abrupto várias portas e fechando ao mesmo tempo o robe de seda, chegou ao escritório particular, onde Lombardi o esperava.

— Me dê, quero ver.

Conhecendo bem seu patrão, Lombardi já estava com tudo preparado. O vídeo começou a rodar na grande tela da televisão.

Com frieza e experiência, Capoano examinou detidamente o material. Não riu dessa vez. Não seria preciso rir. Seu deleite era imenso.

— Agora aquele goiano de merda vai saber quem é Luiz Genésio Capoano.

09

O que Lilian escrevia, sob a luz de seu viveiro, com a confiança de quem sabe que seu diário jamais seria aberto pelo marido, era a história do que lhe acontecia naqueles dias. Sua reflexão de como poderia estar se apaixonando por outro homem se amava tanto Ernesto.

"Queria que Julia voltasse logo para que pudesse falar sobre o que eu mesma não acredito. Ela, que adora dizer que tudo muda, vai entender por que tanta coisa está mudando em mim, como se uma porta se abrisse num lugar onde nunca houve portas. Estou me achando capaz de coisas que ela não acreditaria, ela, que me acha o modelo da esposa careta, vai me explicar por que estou tão confusa com o tumulto dessa paixão clandestina. Como isso aconteceu comigo? Logo eu, que jamais quis mudanças em minha vida? Como, de repente, penso em um homem que não é Ernesto, me preocupo, quero, o dia todo imaginando que estou ao lado de um homem que não é Ernesto? Como isso pôde acontecer sem que eu quisesse, e tão rápido? Quando Abelardo diz que está apaixonado, eu me sinto como se levada para outra dimensão, e acredito nele. Ele insiste em me levar a um motel, mas não, não vou. Não continuarei a encontrá-lo. Não farei isso com Ernesto, não quero que Ernesto sofra, ele não merece isso. Não vou. Não posso. Não farei isso."

Ela abre a mesma gaveta onde guarda o diário e de lá retira um molho de cartas caprichosamente amarradas com um laço de fita macia de cetim cor-de-rosa. São antigas, dentro de envelopes de um azul esmaecido já marcados pelo tempo ou pelos dedos dela, que tantas vezes os abriram. São cartas que Ernesto lhe entregava a cada dia quando ia buscá-la na porta do colégio, cartas que ela guardava para ler tão logo chegasse em casa, inocentes e ingênuas cartas de adolescente, mas que lhe comprovavam, nesse momento que vivia agora, o quanto o destino dos dois esteve desde sempre interligado. Não. Não continuaria com esse sentimento inesperado que ameaçava despedaçar seu mundo. Não mergulharia nesse desconhecido, não poderia. Não queria. Diria a Abelardo que não a procurasse mais. Que desaparecesse. Que a deixasse voltar à serenidade de sua vida feliz ao lado do homem que escolhera. Não seria agora a pessoa de aventuras que nunca fora. Daria um basta a esse sentimento, que passaria.

Sentiu-se capaz de ir, no dia seguinte, ao encontro marcado, um encontro decisivo. Poderia desmarcar, mas não, queria ir, iria e diria não. Não.

Dizer não. Eis uma arte que nem todos dominam. Ou não querem dominar. A mais fácil, e a mais difícil do mundo.

10

No ministério, o dia por fim transcorrera sem incidentes, sem telefonemas perturbadores, sem motoqueiros, sem presságios, e Ernesto chega em casa com uma tranquilidade que havia muito não sentia. Pensa em tomar uma boa chuveirada fora de hora, já tomara seu banho inicial da manhã de todo dia, mas é nisso que ele pensa ao entrar na sala e ver Lilian. Sente que, se for certo que, por fim, eles vão deixá-lo respirar, é de um banho que ele precisa, para lavar toda a pressão daqueles dias, a angústia, a perturbação. Olha para sua mulher como há tempos não fazia, e a vê tão bonita, irradiando algo que a deixa como se brilhasse por dentro, como se portasse uma felicidade nova, uma felicidade antes desconhecida. Vai chamá-la para tomar um banho com ele, coisa que também há tanto tempo não faziam, e é quando vê, na mesa da sala, um envelope marrom, e embora comum e corriqueiro, parece conspícuo na frente do vaso de cristal tcheco com flores brancas, lírios, talvez, ou outra espécie que ele não conhece. Lilian vira e mexe aparece com flores novas, flores que ele jamais viu, flores que passaram a ser cultivadas provavelmente por japoneses, ou não, ele não sabe, mas no gestalt da mesa, elas parecem enfatizar a inadequação do envelope ali, um envelope que Lilian diz que um boy deixara havia pouco.

Quase como autômato, ele ergue o envelope e o abre. Encontra um vídeo, efetivamente, e um bilhete: "Para Ernesto e Lilian verem juntos." Não tem assinatura, não tem remetente, e seu primeiro movimento é de surpresa e desconfiança. Seus olhos, de repente ansiosos, procuram os da mulher, que tampouco sabe o que poderia conter o modesto envelope. Intrigada e confiante, ela diz, divertida:

— Vamos ver logo do que se trata. Se for muito chato, a gente já para.

O banho, então, ficaria para o nunca mais, e os dois vão para a salinha de TV ao lado. Ernesto, controle remoto na mão, posiciona o vídeo em seu lugar, liga-o ainda de pé, sem pensar em se sentar, só em ver de que se trata, controlando a inesperada picada da ansiedade, mas Lilian se senta, de maneira incomum, bem na pontinha do sofá, como se também só esperasse ver o comecinho e deixar o restante para depois.

E no princípio, nenhum deles reconhece as estranhas imagens. Pernas nuas, coxas entrelaçadas, mãos que agarram, a sofreguidão de uma boca sugando um seio, e uma voz com sarcasmo dizer por sobre os sons dos gemidos guturais: "Para que o incorruptível Ernesto saiba com quem está casado." Genésio Capoano, a voz é de Genésio Capoano. E essa é a última coisa que, em seu espanto, Ernesto consegue dizer antes que as cenas tórridas cheguem ao rosto de Lilian na cama do motel para onde fora na hora que seria de um encontro para um almoço, o encontro onde ela fora incapaz de dizer o não que pretendia dizer e, pelo contrário, o que de fato fez foi inesperadamente aceitar o mergulho na voracidade, e foi com ele, e fizeram aquele amor canhestro, embora enlouquecido, que ela agora via ali como se fora um filme impossível, um outro eu de si mesma, uma outra Lilian com um outro Abelardo, enquanto a mesma voz ao fundo dizia o que parecia não fazer sentido, parecia estar sendo dito em uma outra língua que naquele momento ela era incapaz de compreender: "Quem está fodendo com a puta da sua mulher é um michê que contratei."

Sem fala, sem compreensão, sem entender as imagens irreais que vê e a voz sem sentido que ouve, a única reação ainda possível a Lilian é soltar um grito sufocado e fugir dali, mal se sustentando em pé, e se trancar no seu refúgio do viveiro, enquanto um Ernesto estarrecido destrói o vídeo a pisadas e também só pensa em sair daquele lugar, sair, sair, como se saindo dali pudesse encontrar algum entendimento do que acabara de ver.

Passará muitas horas da noite caminhando pela cidade, um homem naquele momento destroçado, vencido, em busca de alguma força que o faça voltar a ser ele e que só encontra quando sua mente obcecada se concentra na vingança ao homem daquela voz.

Chegará à porta da mansão de Genésio Capoano e gritará "Maldito!", e gritará "Verme!", e gritará "Saia se for homem, porque eu vou te matar! Vou te matar, canalha!", e sangrará os punhos batendo nos portões altos, até que os seguranças venham escorraçá-lo dali, como a um cão colérico.

Depois daquelas muitas horas, quando passa o primeiro pânico, a fúria bruta, a náusea, Ernesto — só então — pensa em Lilian.

Queria lhe perguntar.

O que iria lhe perguntar? O que poderia lhe dizer?

Puta, puta, veja o que você fez conosco?

Ou, amor, me diga, foi tudo um pesadelo, esqueçamos. Não vamos deixar ninguém nos destruir assim.

Sem saber o que poderia lhe dizer, queria desesperadamente vê-la, queria que ela lhe dissesse alguma coisa, qualquer coisa. Uma palavra dela talvez pudesse dar algum sentido ao inferno, abrir alguma perspectiva de entendimento.

Quando volta, já madrugada, corpo esgotado, roupas sujas e amarfanhadas, braços picados por insetos e galhos em que tropeçou, rosto inchado, um destroço do homem que havia sido até então, a mente focada em um único pensamento, não encontra Lilian, e então não a procura mais, pois outra vez não sabe como poderá vê-la nesse momento, outra vez volta a se repetir em sua cabeça a imagem do corpo de Lilian enlaçado pelo outro corpo inominável, a mesma imagem que ficou quase ininterruptamente em sua cabeça a noite toda, e vai precisar de tempo para encará-la e tentar entender o que não pode ser entendido, tentar perdoar o que talvez não seja capaz.

O lugar vazio do carro dela na garagem lhe dá o alívio de ter um pouco mais de tempo para se preparar.

Lilian não volta naquela noite. Nem no dia seguinte.

Ele terá todo aquele dia para se preparar, o longo dia, alheio, que passa sobre ele, enquanto o vazio deixado por ela o exclui de sua vida. Em sua cabeça, o inferno se desenrola sem tréguas, e em momentos de suprema angústia, chega a pensar: *Terá ela, puta maldita puta, partido com o puto miserável?*

E mais outra noite, e outra, e Lilian não volta.

E quando ele já não quer mais tempo nenhum para se preparar, só precisa ter notícias dela, só precisa vê-la nem que seja apenas para que ela compreenda o mal que causou, ele então entende que o tempo não terá mais fim no momento em que, na manhã seguinte, dois policiais batem à sua porta para lhe pedir que os acompanhe para reconhecer o corpo de Lilian Daes, sua esposa, encontrado caído, ou jogado — ainda não se sabe — do oitavo andar de conhecido hotel de Brasília.

11

Julia fecha os olhos embaçados pelas lágrimas e vê as duas pequeninas, sentadas na calçada de pedras claras da cidade onde nasceram, olhando o mundo. As lembranças chegam esmaecidas, quase em branco e preto, como se a cor tivesse ficado presa no passado, no tempo real. Julia pensa que é quase possível sentir de novo as emoções, mas a cor é opaca, sem brilho; as imagens parecem surgir através de um vidro.

Sentadas na alta janela de madeira que dava para a rua, elas esperavam que passasse Sanfona, a louca da cidade: cabelos desgrenhados, molambenta, sua figura abjeta inspirava horror e atraía, símbolo precário de uma temerária mas possível transgressão à ordem misteriosa do mundo. Passava murmurando coisas incompreensíveis frente ao respeitoso medo infantil. Mas quando ela já estava longe, as crianças da rua se juntavam e libertavam a sanha dos inocentes, perseguindo-a desde adequada distância e gritando "Sanfona, Sanfona", enquanto os mais afoitos imitavam o gesto de tocar um acordeom. Era uma decepção quando ela apenas olhava de longe com desdém, afundada em indecifráveis pensamentos. Mas era uma vitória quando se virava e corria atrás do grupo excitado de crianças e xingava obscenidades. Ouvir obscenidades parecia ser a grande graça proibida daquele pequeno ritual de crueldade.

Lilian e Julia ficavam na janela. Julia, por covardia (provavelmente) ou piedade (em menor grau), não participava das escaramuças, mas era sua espectadora entusiasta. Lilian, menos, e certamente só por piedade. Lilian levava a sério a compaixão, e talvez sua emoção viesse simplesmente de ver Sanfona passar com seu sujo e insondável mistério. Não tão sujo e tão insondável quanto esse mistério que levou um assassino a despedaçar seu corpo no asfalto. Lili.

O que restava a Julia? O que fazer pela memória de Lilian a não ser tudo que lhe fosse possível e impossível para que Luiz Genésio Capoano não tivesse a menor chance de sair da cadeia? Acompanhar o inquérito, descobrir o que Lilian sabia, fazer com que a máquina dos advogados de Genésio Capoano não conseguisse tirá-lo de onde deveria estar há muito tempo.

Me ajude, Lili!

Se, quando meninas, Lilian era a corajosa, a forte, a que defendia Julia nas brigas, agora será a vez de Julia defender a memória de Lilian.

12

Preso em flagrante, o conhecido empresário Luiz Genésio Capoano, dono da construtora LGC e de fazendas de corte no Mato Grosso e no Pará, foi manchete de todos os jornais que acompanharam o caso por vários dias.

Quando a polícia chegou à cena do crime, seus advogados e assessores já estavam lá, e o escutaram, prestes a uma apoplexia, contar sua história inverossímil: que não fez porra nenhuma, que essa puta doida o atraíra para uma armadilha, foi ela quem chegou primeiro, ela mesma quem escolheu o quarto do canto, onde o parapeito de baixo não chegava, tudo agora fazia sentido, ela mesma se pusera na frente da janela e começara a puxá-lo e a insultá-lo ao mesmo tempo, histérica, possessa, e depois ela mesma se jogara, e o que ele fez foi tentar impedi-la, puxá-la, e foi quando ela enfiou as unhas nele — sua justificativa para o rosto todo arranhado —, e era uma mulher com uma força demoníaca e o enchera de pontapés, inclusive naquele lugar que nenhum homem aguenta, ele quis foi salvá-la, imbecis!, não estão vendo? Os advogados pediam que se calasse, mas o homem autoritário, e pode ser que em choque pelo que fizera de maneira tão estúpida e não profissional, ou pelo medo que agora sentia, passada a fúria e o descontrole que o fizera atirá-la pela janela para esconder o segredo com o qual Lilian o ameaçara, insistia em continuar falando, emendando sua história patética. Foi ela quem me telefonou:

— Foi ela quem me chamou aqui, foi ela que se atirou da janela, estava enlouquecida, é uma vagabunda, eu não fiz nada, caramba! Vocês não estão percebendo que estão caindo no jogo dessa pilantra?

O ângulo da queda, no entanto, a queda de costas e os ferimentos no empresário eram cabais como evidências de que ela fora empurrada. E havia o bilhete.

O bilhete.

Encontrado sob o travesseiro, com a letra de Lilian e que, examinado pelos analistas gráficos depois, indicaria que a letra "s" incompleta no final mostrava que a vítima fora interrompida repentinamente. Pela chegada do suspeito, a suposição provável. Quanto aos resquícios nas unhas de Lilian, seriam examinados, comprovando sua tentativa de defesa frente ao autor do crime.

As declarações do empresário, feitas na delegacia mais tarde, então já mais controladas pelos advogados, continuavam a negar absolutamente tudo. Só não podia negar sua presença na cena do crime, que insistia em dizer que fora chamado (isso é fácil de comprovar), parte de uma armadilha absurda criada pela histérica, que, mal ele chegara, o puxou pela aba do paletó até a janela, como se quisesse ter um interlúdio carnal com ele, o que muito o surpreendeu, de fato, mas não o suficiente para alertá-lo de seu plano, já que essa maluca era mesmo dada a aventuras extraconjugais, como ele pode provar com o vídeo.

Que vídeo?

Um vídeo que foi gravado do seu amante com ela e que mandaria seu advogado ir buscar — diz para o Lombardi ir até lá e voltar em dois minutos com a prova do que ele está dizendo —, porque, sim, é certo, ele queria se vingar do marido, um pilantra borra-botas, mas isso não vinha ao caso, era outra história. O advogado interfere, e o delegado diz:

— Tudo bem, veremos isso mais tarde. Continue.

E Capoano continua declarando que, ao perceber que ela ia se jogar, tentou segurá-la, mas não foi possível, ela o feriu no rosto e o atacou com os pés, empurrando-o com força descomunal para trás, o que conseguiu quando deu um pontapé que nenhum homem aguenta, no saco, entendeu?

— Ela forjou tudo isso, toda essa farsa de assassinato, foi isso o que aconteceu, vocês não entendem? Exijo falar com quem manda nessa porra. Para que pago vocês, merda de advogados? Façam alguma coisa!

E o advogado mais antigo, constrangido, incapaz de fazê-lo parar, remexe-se na cadeira.

— O senhor já declarou que, em sua ligação chamando-o para encontrá-la no Hotel Nacional, a vítima alegou ter algo importante e de seu interesse a lhe dizer. O que era? — pergunta um dos interrogadores na sala.

— Nada. No princípio, até achei sua voz parecida com a de Hermione, esquisito. E fui porque achei que fosse um convite. Mulher bonita, para uma boa foda, entendeu? E a princípio, até hesitei, achei sem sentido, mas não me passou pela cabeça que essa dona era caso de hospício. Não tinha como adivinhar, mulher vadia, entendeu? Que me chamava a um quarto de hotel. Eu sabia que ela traía o marido, o que poderia pensar? Na verdade, o marido deve estar por trás desse crime, aquele santarrão hipócrita. Ele é quem queria vê-la morta depois que se viu com dois rotundos chifres plantados naquela cabeça de bicha. Deve ter sido ele o mentor dessa morte, deve ter planejado tudo.

Interrompido várias vezes pelo advogado, Capoano, a custo, se cala.

O interrogatório seguiu seu curso, os advogados entraram em ação, mas as evidências eram concludentes. O corpo de Lilian era a mais cabal. A posição em que caíra, suas mãos, pernas e pés indicando luta, as unhas levando com elas a pele do rosto do assassino. E havia o motivo claro: a ameaça contida no bilhete debaixo do travesseiro.

A caça atrás do caçador: um clássico. É disso que se trata. O momento em que o caçador torna-se vítima de si próprio. Pode perder a voz esgoelando sua falsa inocência, o estupor por se ver do outro lado do arco, um local que nunca foi o seu.

Esgoele mais, Capoano! Vamos! Perca sua voz de tanto esgoelar.

13

Por que Lilian foi para o quarto de hotel e chamou Capoano? — perguntou Julia mais uma vez a Ernesto, sabendo que não teria resposta. Que provas teria descoberto? Haveria alguma pista nas páginas queimadas do diário? Teria sido contado por Abelardo? Quem era esse maldito Abelardo?

A polícia, evidentemente, o localizara e já obtivera seu depoimento. Um desempregado que vivia de trabalhos avulsos, provavelmente michê. Confirmou a trama do vídeo: contratado por um sujeito chamado Lombardi, assessor de Luiz Genésio Capoano, com quem já havia trabalhado durante alguns meses, anos atrás.

Fora contratado para levar Lilian a um motel, levara, desconfiava que estaria sendo filmado, pois o trabalho implicara em avisar Lombardi sobre qual motel e a hora. Fizera o trabalho, do qual agora se arrepende, porque jamais poderia imaginar que tivesse esse desfecho. Ela era uma pessoa extraordinária, uma mulher doce, honesta, e... não, que prova?, eu?, não, não falei com ela sobre o Sr. Capoano, de quem não sabia nada além do que lia nos jornais ou via em noticiários da TV. Do tempo que trabalhara com ele, só sabia das coisas do trabalho, e foram poucos meses, nunca soube nada de importante, absolutamente.

Lombardi foi quem o levara para a entrevista, e a conversa tinha sido rápida:

— Primeiro, Abelardo, você vai com Lombardi comprar umas roupas — disse Capoano. — Quero você bem vestido: a puta é fina. É preciso se apresentar bem. O resto é com você. Mas não quero erro, tá entendendo? Você pode garantir seu futuro com isso, rapaz. Qual é o seu carro?

— Um Ka.

— Arrume outro. Dê um jeito nisso, Lombardi. E quero rapidez, Abelardo.

— Vou precisar de tempo, Sr. Capoano.

— Quanto?

— Se o senhor não quer erro, preciso ir com calma. É o único jeito garantido.

— Quanto?

— Dois meses.

— Porra! Dois meses pra conquistar uma mulher? Dois meses dá pra conquistar, casar, divorciar, ir pra justiça, cacete! Só quero a primeira trepada, imbecil! Não estou pedindo nada de mais, só uma trepada, umazinha, entende? Já perdi tempo demais com isso.

— Pode levar menos, claro. Mas uma mulher como essa tem que se apaixonar primeiro. Ainda não conheço, mas estou sacando, é bem casada, não é qualquer uma, o senhor mesmo disse. A pressa nesse caso pode pôr tudo a perder.

— Pois eu quero rapidez e quero resultado. Um mês, no máximo. Lombardi, acerte com ele.

Abelardo concordou. Não valia a pena insistir no prazo. Confiava que em um mês, se não conseguisse, teria elementos para fazer o Sr. Capoano esperar o tempo que fosse necessário.

A polícia não teve razões para segurá-lo. Liberou-o com a recomendação de não sair da cidade até o inquérito estar terminado.

Getulio Lombardi também foi interrogado e liberado. Não estava no hotel e parecia perplexo com o acontecido; não serviria sequer como testemunha, a não ser de defesa. Soube dar mais detalhes apenas quanto à perseguição montada contra a vítima, que culminou com o vídeo no motel e com as várias fotos de Lilian encontradas na casa de Capoano: Lilian na aula de ginástica, Lilian saindo do shopping, Lilian entrando no carro, Lilian com Ernesto em um restaurante, Lilian.

Em seu depoimento, Lombardi declarou que tudo não passara de uma brincadeira do patrão, que de fato fora incumbido de ir buscar os primeiros candidatos a conquistador em uma agência de modelo, que seu patrão jamais mataria alguém assim.

Explicou com detalhes como chegara a Abelardo.

A oferta foi farta, foram boas as opções. Na praça, há mais pessoas oferecendo tranquilamente sua alma por um bom negócio do que imagina o mortificado horror pequeno-burguês.

Um canalha ninguém precisa de lanterna para procurar, e se fosse gritar "eureca" a cada momento que encontrasse um, "eurecas" seriam ouvidos nas ruas mais do que buzinas, escapamentos de carro e barulhos de motor.

Lombardi levou um "book" repleto de belos michês para Capoano escolher.

Ele escolheu um moreno, cristalização perfeita dos mais notórios lugares comuns, o ideal de beleza para seu gosto sem requinte nem imaginação.

E quando o moreno chegou, dentro do jeans apertado e uma camiseta branca que deixavam claro o privilégio de vestir a perfeição desse anjo urbano, Capoano achou que melhor seria se fosse claramente didático, explícito. Mostrou-lhe as fotos que agora enfeitavam seu escritório.

— É essa mesma, rapaz — confirmou. – Mulheraça! Você é um sujeito de sorte. Vai ganhar uma nota preta para se divertir à grande. Você devia era fazer esse serviço de graça e me agradecer. — Soltou sua gargalhada, e o moreno riu. — Matricule-se na mesma academia de ginástica. Viu, Lombardi? Fique do lado dela. Deixe que ela veja bem seu corpo, rapaz. Se mostre bem, tá entendendo? Vá de sunga. Vocês não gostam de usar essas coisas? Pois use. Deixe que ela veja tudo que você tem, entendeu?

O moreno disse que entendia.

— Lombardi vai cuidar com você de todos os detalhes da operação. Não vou poupar despesas, mas também não quero erros. Quero a coisa feita rapidamente e documentada em todos os detalhes, tá me entendendo? Depois Lombardi te explica. E quero um relatório completo todo dia: aonde ela foi, como foi, o que falou, o que combinou, o que disse, tudo, tudo. Você sabe escrever direitinho?

Até mesmo para esse bestificado exemplar da mediocridade humana, o desrespeito da pergunta pareceu despropositado. Ele gaguejou:

— Co... como assim?

— Não, não, deixa. Não vou querer relatório escrito. Quero tudo gravado. Você cuida disso também, Lombardi. Grave o relatório com ele todos os dias. E... você, rapaz, não se esqueça de relatar tudo, tudo que ela disser, fizer, tudo, tudo. Quero todos os detalhes, tá entendendo? Tintim por tintim, viu, Lombardi?

Sua gargalhada se espalhou gozosa pelo escritório, desta vez secundada apenas pela gargalhada imitativa e solidária de Lombardi. Dois pares de olhos lúbricos antegozando um prazer.

Mas o moreno não teve sorte.

Não conseguiu sequer se aproximar de Lilian.

Capoano escolheu o segundo. Dessa vez, um louro. Também produto perfeito da natureza naqueles seus dias especiais, quando, dilacerada entre o físico e o espírito, se esquece de um para se entregar obsessivamente ao outro.

Capoano tentou ser ainda mais didático e riu menos nessa entrevista. Fez uma preleção sobre a conquista:

— Você tem que ser sutil, no começo. Você sabe o que é isso, sutil?

O louro disse que sabia.

Seguiu-a no supermercado. Tentou segurar suas sacolas. Lilian tratou-o, educada e gentil, sem nem reparar com quem estava falando. Alguns dias depois, quando ele apareceu como um anjo perto do restaurante se oferecendo para ajudá-la a trocar o pneu do carro, Lilian achou graça: nunca havia acontecido isso com ela, seu pneu furar. Mas quando entendeu que tinha sido ele o responsável pela coisa toda, sentiu-se insultada. Nos dias seguintes, quando o louro aparecia nos lugares mais inesperados, ela nem o deixava se aproximar.

Capoano estava furioso: será que essa geração de jovens panacas já não sabe como conquistar uma mulher?

— O que aconteceu com a porra dessa juventude, Lombardi?

Olhava as fotos de Lilian espalhadas por seu escritório e perguntava:

— Qual será o tipo dessa vaca? Todas têm um ponto fraco, Lombardi. Elas gostam. Toda mulher é puta de zona, cadela de meretrício. Tem umas que disfarçam mais, só tiram a máscara quando você acerta no ponto fraco. Só é preciso descobrir que ponto é esse. E é fácil, Lombardi. Essa cadela está se fazendo de difícil, mas é fita. Pena que eu mesmo não possa entrar nisso. Mas essa geração de imbecis já não presta pra nada. Meu Deus, como será que eles trepam? Ou será que são todos viados? Será que eles são viados, Lombardi? Cacete, você não verificou isso antes? Vai ver que é isso, uma geração inteira de viados aeróbicos, porra! Deixa, deixa. Vamos escolher alguém mais velho, com mais experiência. Afinal, a vaca já não é brotinho. Deve gostar de coroas. Quer apostar?

Foi quando Lombardi se lembrou de Abelardo, famoso pelas conquistas, pelas dívidas e pela flexibilidade do caráter.

14

Abelardo. Tornou-se uma obsessão para Julia conhecê-lo. Ver seu rosto, seu jeito, falar com ele. Escutar a voz, conhecer o cara por quem Lilian teria se apaixonado. Entender.

A mídia não teve nenhum acesso à investigação sobre Luiz Genésio Capoano, figurão da República. Nenhuma transparência por parte da polícia. Contudo, para Julia, jornalista experiente, não foi difícil conseguir o endereço de Abelardo e um encontro com ele. Mais fácil ainda fazê-lo falar. Era do tipo que adora falar de si e de sua vida, mesmo ali, naquele momento, tentando conquistar a simpatia ou a compreensão de Julia, quando a longa conversa em um café serviu para que ela pudesse esboçar seu perfil, o perfil de um desses caras que já nascem insinuantes, conquistando com arzinho desprotegido até a enfermeira do berçário que não o deixava sequer ter o trabalho de chorar pela mamadeira.

Há pessoas assim.

Nascem com um único objetivo na vida: conseguir o que querem seduzindo o outro. Dissimulam qualquer coisa, escolhem o fingimento como arma de sedução. Treinam e se graduam.

Sua primeira professora o amou mais do que a seus colegas. Depois da balbúrdia de uma aula particularmente trabalhosa, ele se aproximava, dava-lhe um desenho tosco de flor, e dizia "É pra senhora", iluminando o rosto que lhe respondia: "Que gracinha, Abê!" E assim, aos poucos, recebendo elogios e notas melhores do que merecia, ele foi percebendo e testando o enorme potencial que tinha. Sua complacência consigo mesmo e excessiva preguiça começaram a vicejar em solo fértil, agora que tinha a chave da boa vida.

Foi eleito orador da formatura de ginásio e namorou a mais inteligente da turma para que ela escrevesse seu discurso. Foi também dessa maneira que se preparou para o vestibular de direito: namorando a colega mais preparada do cursinho.

Especializou-se em mulheres.

Em qualquer lugar que estivesse, feia ou bonita, velha ou jovem, toda e qualquer mulher sempre recebia a atenção de Abelardo. Em algum momento, poderiam lhe servir, nem que fosse apenas para lustrar seu ego. E mesmo se não conseguisse que se apaixonassem, sempre conseguia dedicadas e fiéis amigas.

Começou a subir por meio desses pequenos e prazerosos expedientes. No entanto, centrado em si mesmo, incapaz de realmente ver o outro e suas necessidades, foi perdendo as boas oportunidades. Conquistava facilmente o que queria, mas por alguma razão — a falta da sorte grande, justificava a si mesmo —, logo parecia que as coisas começavam a vazar, seus dedos formando o ralo de um bueiro.

Em determinado momento, achou que um casamento lhe seria conveniente e encontrou a mulher ideal: rica, bonita, nada tola. Em algum ponto, no entanto, errou nos cálculos: sua mulher não era rica o suficiente para lhe proporcionar a boa vida que idealizava, mas esperta o bastante para logo perceber como ele de fato era. Em pouco tempo, cansada de seu egoísmo, indiferença e alheamento, pediu o divórcio.

Abelardo gostou. Sozinho, se virava melhor. Quando outra amiga levou-o para trabalhar na assessoria jurídica do grande Luiz Genésio Capoano, ele acreditou que finalmente chegara sua vez. Como sempre, porém, na hora do pulo do gato, ele não estava lá. Nas boas jogadas, nunca estava presente. Para ele, sobravam as trapaças pequenas, as burocráticas, as que não enriqueciam ninguém. Pediu demissão, tentado por uma colega mais decidida que lhe propôs sociedade, um lobby que parecia altamente lucrativo. Não deu certo. Nenhum dos dois tinha o capital, a audácia, o espírito e os contatos necessários.

Estava passando por uma fase difícil, sem perspectivas, quando recebeu o chamado de Capoano. Chegou cheio de expectativas à casa de seu ex-chefe.

Capoano o abraçou.

— Abelardo, como você está envelhecido, rapaz!

Era verdade. Ele envelhecera, e Capoano o achou meio acabado, mas reconheceu nele o toque desvalido, o jeito tímido, um gênero que não ameaça e que, portanto, pode chegar perto e, ao fazer isso, encontrar aquele ponto, a fragilidade, aquele lugar, ali onde todas, ele tinha certeza, eram vagabundas. Capoano achou que dessa vez estava no caminho certo. Abelardo era charmoso, simpático e não era burro. Só não vencera na vida por falta de visão e sorte. Mas isso Capoano estava ali para resolver.

Preparando-se, depois, para a noite em que conheceria Lilian, em uma festa a que iria com Lombardi, Abelardo olhou-se no espelho vestido com o terno George Armani, comprado a mando do patrão.

Não havia como não reconhecer: estava bonito.

Mais uma vez, escutou os elogios de sua mãe. Escutou também o conselho que ela lhe dera quando o beijou na rodoviária antes que, pela primeira vez, ele fosse para o Rio arrumar emprego. "Meu filho", a mãe dissera, "Não confie tanto em sua beleza. Ela passa."

Naquela rodoviária, naquele momento, o que menos preocupava Abelardo era pensar que sua beleza um dia passaria, mas vinte e poucos anos depois daquela despedida, começava a se preocupar. Aquela beleza, como a mãe o alertara, estava passando.

Precisava da sorte. Profissional da conquista, sabia que, muitas vezes, nenhuma cantada valia: ou a mulher se apaixona, ou esqueça. Discordava de quem, como Capoano, achava que mulher só não dá quando foi mal cantada. Abelardo aprendera com sua copiosa experiência. Nos momentos de descontração, entre os pares nas mesas de bar, ousava teorizar a respeito e classificar as mulheres em três categorias: as ninfos, ou naturais, que vão para a cama não importa com quem; as que só vão para a cama quando se apaixonam; e as que não vão de jeito nenhum, porque já estão apaixonadas... por outro.

Como era Lilian, só no dia em que a conhecesse, poderia se arriscar a dizer.

Com seu ar de menino acanhado, a falsa timidez de quem carrega um desencontro imerecido com o melhor da vida, ele sabia que, se passasse no teste do primeiro contato, suas chances seriam boas.

Despede-se do espelho:

— Boa sorte, rapaz!

Ao chegar à festa, não vê o casal. Será que Lombardi se equivocou? Abelardo sente-se levemente apreensivo, uma bobagem dessas pode atrasar seus planos. *Mas não se impaciente, rapaz... Olha, não são eles que estão chegando? Sim, lá estão... Poxa! Ela é mais bonita do que nas fotos.*

Com segurança, começa sua ronda, espreitando a presa e se aproximando quando a vê a sós. E ao estender sua mão e olhar nos olhos de Lilian, sente uma leve euforia: inconsciente dela, mas não dele, uma imperceptível tensão estremece o ar entre eles.

A sorte estava do seu lado outra vez.

Depois ele sabia o que fazer. Sabia quando Ernesto não estava em casa, e chegava com tempo suficiente para conversar apenas com ela, conhecer seu viveiro, levar espécies escolhidas na feira de flores do cerrado — minúsculas sempre-vivas, densas rosas-de-veludo carmim, pali-palãs de veludo branco — escutá-la encantado falar do que fosse, dizer-lhe como se sentia bem ao seu lado, mostrar como se prepara uma marguerita, rir com ela de coisas bobas, e depois... no momento certo... lhe contar como procurava alguém, como esperava alguém... Como ela era esse alguém. Para um profissional da sedução, pode mesmo ser fácil encontrar o caminho do coração de uma mulher.

E não mentiu no depoimento: ele nada sabia sobre o Sr. Capoano e realmente não o vira depois de encontrar Lilian pela primeira e única vez naquela tarde no motel.

Em seu carro, voltando desse encontro com o Don Juan em tudo medíocre e desprezível, Julia imagina uma outra conversa, a conversa que teria sido importante, a conversa que deveria ter tido e não teve, a única conversa que de fato lhe interessaria, a conversa com Lili apaixonada, adolescente de novo, o frio na boca do estômago, os beijos prolongados, o tremor ao vê-lo. Essa emoção que talvez Lilian tenha sentido até mais do que jamais sentira antes. A impaciência entre os telefonemas, a ansiedade dos encontros, ela deve ter vivido tudo isso profundamente. Os dias de repente vivos, revelando um encanto que já não percebia mais. Ela de repente leve depois de um simples telefonema, ele dizendo que sentia saudades. As noites quentes. Ela sentia essa necessidade urgente de fazer alguma coisa, sim, fazer amor com Ernesto, sim, mas pensando nele. O dia inteiro pensando nele. Sentia-se perdendo o chão. Parecia mais bonita, e alguém lhe disse "Você está linda! Parece que está de namorado novo!" Sim, estava passando mais tempo na frente do espelho, cortou o cabelo, se depilava sem preguiça. Era a Miss América, como a Maria de *West Side Story*. Seu brilho devia ser como o de Natalie Wood naquele filme. Lili gostaria, se tivesse visto. Será que viu? Julia não sabia. Mas talvez houvesse também uma tristeza por Ernesto, claro, provavelmente muita. No entanto, a paixão é egoísta, a paixão é mais forte e só cuida mesmo da paixão. No começo, com certeza tentou se iludir dizendo que era loucura, passaria logo. Mas viu que não, era inútil se enganar. Estava apaixonada e pensou que não seria coerente com nada, se não fosse primeiro coerente consigo mesma, se não fizesse o que mais queria fazer. Queria primeiro contar ao Ernesto, estava esperando o momento, mas naquele dia ela descobrira a força de um desejo que cega, domina. Que mata. Com Ernesto, tudo sempre foi como deveria ser, ela foi feliz, isso ninguém poderia lhe tirar. Mas a força do que sentia então era diferente, teria lhe assustado se por trás já não existisse esse sentimento que a dominava por inteiro.

O que faz o desejo e o sonho se tornarem armadilhas, Lilian? Como o desejo profundo por algo se transforma em veneno? Onde está o traço mesquinho que torna o sonho leve em pesado?

Sonhos impossíveis são inócuos. Pode-se sonhar com eles à vontade; dificilmente adquirem permanência e malignidade. São sonhos em seu estado mais puro, nuvens, passam.

Sonhos perigosos são os que se disfarçam de possíveis, os que fingem estar esperando por você na esquina. Mas nunca estão. São esses que podem envenenar, são esses os sonhos frustrados que envolvem o coração com fios tecidos por mal-intencionadas mãos grudentas. E pegajosos, vão se alastrando, se juntando a outros fios de frustrações, envenenando veias e artérias. Tornam-se ruins. É preciso o máximo cuidado com um sonho que se tornou ruim. Ele seca.

Foi um sonho assim que te matou, Lili.

Ouvir sua voz na fita, isso a destruiu até mais — se é possível separar as coisas — do que as imagens. As imagens estão lá, no entanto, você não se reconhece, é um eu que se foi num tempo passado, agora morto. Mas a voz, não, seus gemidos, não, Lilian, você se escutou, escutou sua voz se entregando a ele, era você falando só para ele, e só ele poderia ter escutado, ninguém mais. Nem mesmo você, Lili.

Julia sabe que foi ali que Lilian morreu, e não ao ser empurrada da janela.

Quem a matou foi Abelardo.

Ao ser empurrada da janela, já estava morta.

15

Exasperada e brutalmente triste com tudo o que acontecera naqueles dias, Julia chega ao jornal onde trabalha. Propõe à sua editoria fazer uma série de reportagens sobre corrupção e empresariado, tendo como eixo central os escândalos de Luiz Genésio Capoano.

— Muita coisa pode ser feita, desde que haja vontade política do jornal para apoiar a denúncia — diz. — As pessoas veem Brasília como centro de corrupção, o governo exerce uma força gravitacional, o peso do seu corpo como poder de decisão atrai corpos menores, políticos e empresários do país inteiro. Sabemos que existe essa força gravitacional entre o poder corrupto e o corruptor. Nada melhor do que uma reportagem aprofundada sobre um empresário desses para mostrar isso, e nenhum momento melhor do que esse, quando Genésio Capoano não é apenas um assassino preso em flagrante, mas, como se sabe, o fio repentinamente solto da meada de uma série de crimes econômicos.

Julia é jornalista investigativa com situação privilegiada, e os diretores do jornal são unânimes em apoiar uma investigação com substância sobre a questão; o momento de fato é mais do que propício para desvendar os escândalos de que o empresário há tempos vem sendo acusado.

O primeiro a se fazer, antes mesmo de voltar a falar com Ernesto para ver quais dados e documentos ele poderia obter, seria montar as primeiras anotações a partir do que já fora escrito sobre o empresário e suas atividades ilícitas, as denúncias engavetadas, os inquéritos e processos claramente manipulados, os fragmentos de sua biografia.

"Data e local de nascimento: Curitiba, 1942.

Pai falecido: General Camil Nóbrega Capoano

(suicídio (?) em 1992).

Mãe falecida: Irina Nóbrega Capoano, dona de casa, família tradicional de juristas paranaenses (informações contraditórias a respeito; fala-se também de família 'herdeira do café'). Em um de seus perfis, Capoano aparece como 'pequeno herdeiro de terceira geração, criado entre móveis franceses, candelabros italianos, cristais de Murano, governanta e roupas de seda e linho'. De onde vieram essas informações? (checar) Se verdadeiras, ele deve ter usufruído do requinte de uma educação que forma as futuras encarnações do capital e do poder.

Profissão: engenheiro civil.

Casado uma vez e divorciado. Ex-esposa: Hermione Girardini, de família tradicional do Paraná. (Quanta família tradicional aqui. Longe de ser surpresa. A surpresa é não ter encontrado nada substantivo sobre ela. Só boatos. Ferrenha inimiga do ex-marido. Jornalistas ameaçados pelo ex-marido ao entrevistá-la. Checar.)

Filhos: nenhum (estéril?).

Sua conhecida empreiteira, a LGC, foi criada em 1990, em Curitiba. Antes, teve várias outras, citadas nos primeiros processos (checar minuciosamente tudo isso).

Denúncias 'supostamente' engavetadas: são muitas, ver página anexa.

Processos em que foi inocentado: ver página anexa.

Inquéritos em andamento: ver página anexa. (Terá sido sobre um deles a descoberta de Lilian?)

A área pivô do ódio a Ernesto: examinar documentos e local, mas acumular fatos antes."

Examinando o material já coletado sobre ele, Julia decide ir a Curitiba.

Curitiba: viveiro de corrupção? Não seria exclusividade da cidade mais conhecida por muitas de suas qualidades. Nem a hipótese de ser também matriz de uma raça "especializada de juristas" se sustenta. Outras cidades também o são.

A cidade recebe Julia com uma chuvinha fria e desagradável. Ela não se preparara adequadamente. O calor de Brasília ou o pensamento focado apenas no que pretendia fazer, e eis aí o resultado: esqueceu que estava a caminho do sul e levou apenas um blazer que sabe lá se dará conta do recado. De qualquer maneira, não espera ficar muitos dias.

Mal deixa as malas no hotel, começa sua árdua pesquisa, com pouquíssimos resultados. Claro que contava com as dificuldades de praxe em casos assim, mas não com tantas portas fechadas, respostas monossilábicas, má vontade patente. Não previra que o poder de Genésio Capoano em seu estado tivesse essa abrangência. Como lhe disse o jovem promotor, Eduardo Bittencour, o único que a recebeu com certa disponibilidade:

— As pessoas de fora não costumam ter a noção exata dos nossos problemas. Mesmo Capoano tendo sido preso em flagrante como suspeito desse homicídio em Brasília, as pessoas por aqui não confiam no desfecho. Se os crimes anteriores não foram punidos, por que esse seria? Você conseguir publicar uma reportagem robusta em seu jornal será de grande ajuda para conseguirmos encaminhar as denúncias e ações que estão engavetadas aqui.

Outros nomes apareceram com regularidade em quase todas as denúncias contra o empresário às quais ela conseguiu acesso, e até com mais evidências, como o de Getulio Lombardi, seu assessor pessoal e operador. Mesmo no caso dele, que parece ser seu calcanhar de aquiles, foi impossível avançar com alguma denúncia. A rede de proteção e suas várias ramificações montadas com eficácia e durante décadas pelo seu chefe provavelmente continuava atuando, pois como ter certeza de que ele será de fato condenado agora?

Julia sente a força dessa muralha invisível erguida ao seu redor, mesmo estando o empresário, pela primeira vez, na cadeia. Mesmo sendo acusado de assassinar uma mulher. Mesmo tudo indicando que ele não terá como escapar da condenação.

A muralha invisível não acredita na condenação.

16

Ainda em Curitiba, há um encontro em que Julia deposita alguma esperança. A ex-mulher de Genésio Capoano, a primeira e única, como dizem, Hermione Girardini, separada havia anos, mas só recentemente divorciada, aceitou recebê-la no começo da tarde em sua casa, cujo terreno era mais da metade do quarteirão, casa antiga, casa onde Hermione nasceu, mais mansão do que casa, decoração pesada, cristaleiras e móveis escuros, muito estofado com estampas também escuras, cortinas beges se desdobrando até se debruçarem sobre o chão, escadaria e quadros expondo riqueza antiga, sólida, acumulada durante décadas de sabe-se lá que atividades, que atos, que vida teve a família que construiu aquela casa e ali viveu.

Acompanhando a governanta, senhora de certa idade, pele de neve, cabelos grisalhos presos no coque envolvido por redinha preta, Julia entra na sala clareada pela luz acentuada da tarde atravessando as janelas não totalmente fechadas, onde espera a mulher de idade indefinível, aparência elegante, mas frágil, cabelos avermelhados, rosto bonito marcado por rugas finas, algumas profundas. Deve estar em meados dos sessenta anos; parece muito mais. Um piano de cauda, imponente imperador da sala, atrai de imediato o olhar de Julia. A anfitriã sorri para ela, como se aprovando sua admiração e respeito pelo piano negro, ímã de ébano, que reluz. Hermione tem uma taça de dry martini nas mãos e a oferece a Julia, que gentilmente lhe diz não poder aceitar, está a trabalho.

— E não pode esquecer seu trabalho? Conversar com você deve ser tão interessante! Sempre admirei jornalistas; vocês sabem de coisas que o mortal comum nem imagina. — Sorri acolhedora.

— Obrigada. Não posso mesmo aceitar o drinque, e não sou uma mortal incomum.

As duas sorriem, certas de que estão se medindo.

— Esse seu trabalho, então, o que é, exatamente? — pergunta Hermione.

— Como disse para sua secretária ao telefone, estou escrevendo uma reportagem sobre Luiz Genésio Capoano, seu ex-marido.

— Ah, sim? Isso Hildes não me disse, a muito esperta. — Olha para o lado da porta por onde saíra a governanta. — Quer me fazer mais sociável, que eu abra mais minhas portas, e às vezes se arrisca ao fazer o que não gosto.

— A senhora não gosta de falar sobre ele?

— Não, meu bem. Não gosto de falar e não quero saber mais nada sobre ele. Prefiro não saber. — A pausa talvez seja estudada, talvez não. — O que sei me basta. E como!

— Entendo. A senhora já deve ter...

— Não me chame de senhora, me fere os ouvidos. E não, não quero falar nada. Já falei demais. Literalmente, perdi a voz falando, e nunca fui ouvida, meu bem.

— Hoje as coisas estão diferentes. Os tempos estão mudando.

Hermione joga a cabeça para trás em uma risada alta, solta, gostosa.

— Jornalista experiente e tão inocente!

Sem se sentir ofendida, Julia sorri.

— Mesmo assim, não quer tentar?

— Ah, quantas tentativas fiz! — Inesperadamente, naquele cenário formal, começa a cantarolar com bela voz rouca — "Quanto caminhos andei... quantas esperanças perdi..." Conhece essa música?

— Acho que não.

— Pois eu conheço, meu bem. Conheço os caminhos também. E quanto às esperanças, nenhuma me sobrou. — Seu sorriso, agora mordaz, chegou a destoar na face gentil. Entrevistar aquela mulher não seria fácil.

— Mas agora meus editores apoiam, e eu, particularmente, posso lhe garantir que estou muito disposta a ir até o fim — insiste Julia. — Há uma morte envolvida.

— Fim... Ah, o fim! Sabe que penso muito no fim?... Quero que o meu seja suave... — E outra vez canta. "*Tender is the night... So tender is the night...*" Será que isso é possível, um fim *so tender* para mim?

Resta a Julia o clichê:

— Ao que parece, você está bem longe do fim.

Inesperadamente, outra vez, a expressão do rosto de Hermione muda.

— Já tive muito medo. Sabe o que é o medo? Uma vida de medo? Provavelmente você, tão jovem, não tem como imaginar o que é, embora eu deva alertá-la de que, se vai mexer com Luiz Genésio, também deveria ter. O medo deveria ser nosso ponto em comum.

— Por que deveria? Ele está preso.

— Preso, mas vivo, meu bem. Seus amigos estão todos cabriolando por aí. — E outra vez solta a risada gostosa.

— Ele ainda tem muitos amigos?

— Amigos ele não tem. Essa palavra aqui é um eufemismo para comparsas, parceiros, quadrilha. — A mordacidade volta a seu rosto.

— E quando você o conheceu? — Julia não gosta, mas faz parte do seu ofício insistir. — Não quer me contar sobre isso?

— Esse passado tão longínquo que parece um filme que eu não deveria ter visto?

Hermione molha os lábios na taça, abaixa os olhos por um instante, e quando os ergue, eles parecem ver algo que não está ali.

— Luiz Genésio estava começando... Formado em Engenharia, bonito demais. Um cavalo de raça, poderíamos dizer, se gostássemos de cavalo. Aquilo sempre foi de uma beleza abjeta, mas isso só se percebe aos poucos. Você esteve com ele recentemente?

Julia, que o vira de longe na delegacia, faz um gesto de assentimento.

— Não concorda?

— Eu o vi rapidamente e a distância. — Mas a definição da ex-mulher é perfeita: beleza abjeta, Julia concorda, sem o dizer.

— Os pais dele foram ricos, você deve saber. Perderam quase tudo, não sei bem o motivo. Ou melhor, sei: o capital pretende ser eterno, mas não é fiel; aceita sem constrangimentos passar para mãos que o tratem melhor. Ou que o roubem, tanto faz. *Auri Sacra Fames*... fome sagrada do lucro. No verso de Virgílio, costumam traduzir o *sacra* como maldita. Eu a entendo de outra maneira. Para alguém que a tem, ela é sagrada mesmo. Sagrada. Quem a tem não deseja se livrar dela. Só é maldita para quem é comido por ela... em todos os sentidos. Perdão se a choco dizendo assim. — Um ricto, pequeno gole, pausa. Seu olhar volta-se para algum ponto obscuro. — Mal conheci meu sogro, o pomposo general Camil Nóbrega Capoano — continua. — Sempre com seu uniforme. Mesmo aos domingos ou à noite, usava o uniforme daquele verde enjoativo que me dava enxaqueca. Quando se suicidou, estava de uniforme. Disseram que foi suicídio, tiro na boca; não tenho certeza. Disseram gatos e lagartos dos seus tempos de imponência e mando, mas eu mesma não sei. — Pausa. — Cheguei a ter pena dele. Dentro do uniforme, havia um velho recheado de tristezas e restos de empáfia, forçando-se a manter a pose, era o que eu supunha. A mãe, viúva, visitei poucas vezes. Também cheia de pose, também formalíssima. Mesmo comigo, sempre foi. Ficou muito abalada com a falência e o suicídio do marido; e ela, que já era meio aérea, exagerou no alheamento do mundo até mergulhar irreversivelmente na alienação. — Gesticula. — "Aquelas estrelas, está vendo, meu filho, aquelas estrelas são minhas, são brilhantes que seu pai me deu. Vá buscá-las, vá, quero usá-las hoje." Era assim, autoritária, ridícula mesmo em seus delírios. Luiz Genésio não teve paciência, internou a infeliz. — Pequena pausa. — Creio que em algum momento deve tê-la amado, mas não sei, duvido um pouco. Acompanhou-a até o fim, é verdade, e pareceu abatido no seu enterro, mas fico em dúvida se dentro dele tem de fato algum espaço para abrigar sentimentos tão benignos como amor filial. — Outro gole, esse mais demorado. — Eu o conheci pobretão. Já estava de olho naquela beleza grega quando o vi ser barrado na boate onde eu iria entrar. Que noite! Deve ter sido a primeira vez que Luiz Genésio entendeu que seu mundo havia mudado, o pai ainda vivo, mas já falido. Vi a euforia da desforra estampada na cara do leão de chácara, um alemãozão troncudo. — Muda a voz. — "Você é o filho do general? Avise seu pai: ou ele paga suas dívidas, ou ninguém de sua família de caloteiros volta a pôr os pés aqui." Claro que, dono do mundo como sempre foi, Luiz Genésio não quis entender. Enfrentou o leão de chácara e sentiu na pele o quanto a fortuna pode ser efêmera. Soube nos ossos que o dinheiro acaba. Foi uma surpresa inesperada, era preciso ver a cara dele: sua vida estraçalhando-se debaixo das porradas do porteiro forte, satisfeito com a oportunidade de descontar uma série de desaforos. — Faz uma longa pausa, mas antes que Julia pensasse que não falaria mais, continua: — Evidentemente, a bobinha ricaça e toda compaixão que eu era, corri em seu auxílio. Daí para o casamento foi um pulo. Não posso dizer, em sã consciência, se desde o começo para ele foi por interesse. Sei que fui muito apaixonada. Demasiado. E por mais tolo que pareça, gosto de pensar que ele também foi, um pouco, pelo menos no comecinho. Tivemos nossos momentos de paixão que não duraram. Não tardou a começar a ficar claro quem ele era. Apenas remediado na época, já havia montado sua primeira empresa em parceria com um amigo, que entrou com o capital. Para tocar essa primeira obra, ele gostava de contar, teve que pedir um trator emprestado a outro colega. O colega pensou em reciprocidade. Comprou um caminhão novo, que por razões fiscais não queria registrar como seu na hora, e combinou com Luiz Genésio: "Você registra o caminhão em nome de sua firma, e continuo a lhe emprestar o trator nas horas vagas." Luiz Genésio registrou e fez valer o registro; conseguiu assim seu primeiro caminhão. Essa parte descobri mais tarde. Seu único assunto eram suas proezas, seu sucesso, mas sabia guardar os podres consigo mesmo. Depois do casamento, e depois de uma funesta sociedade com meu velho pai, vieram negociatas, tráfico de influência: ascensão rápida e fulgurante, você deve saber. Mas tem a pergunta que é a que eu me faço: por que continuei com ele? Por que aguentei tudo que ele fazia? Porque sou uma rocha, minha filha, uma rocha.

Então, abruptamente, se levanta e se despede.

— Foi um prazer recebê-la, confesso. Às vezes faz bem falar um pouco sobre algum pedaço distante do filme da nossa vida. Meu motorista a levará de volta a seu hotel.

Toca a campainha, entra a governanta para conduzir uma Julia frustrada até a porta, enquanto ouve a voz bonita, timbre aveludado, de Dona Hermione continuando a cantar "*Tender is the night, so tender is the night*", dessa vez acompanhando com as teclas do piano de ébano.

Que vontade Julia teve de ficar um pouco mais! Deixar o trabalho de lado, aceitar a bebida e a oferta de uma conversa interessante com essa senhora fascinante e contraditória que parecia ter vivido um século. Quase voltou da porta, mas já não era possível; o momento do convite havia passado.

17

Na portaria do hotel, à espera de Julia, havia um grande envelope pardo. Não tem remetente, mas Julia o abre e lê. É praticamente a prova da venda, para uma prefeitura do interior do estado, de uma propriedade degradada de Luiz Genésio Capoano por um preço muito acima do mercado. Área degradada pela indústria química do próprio Genésio Capoano na região.

— De onde terá saído um documento desses para cair em minhas mãos? — pergunta Julia.

Não confia em material anônimo, mas com a carência do que fora buscar ali, não conseguiu evitar a euforia. Daí a pouco deverá estar no aeroporto para tomar o avião de volta a Brasília; ainda tem tempo de dar um telefonema para o promotor, que passara a considerar como fonte privilegiada. Relata com detalhes o material que recebeu. O promotor, surpreso, confirma que esse caso foi investigado em um processo antigo e engavetado por falta de provas. Como ela conseguira esse documento? Ele gostaria de examiná-lo.

— Nesse exato momento, não vai ser possível — diz Julia. Não pode perder o último voo para Brasília. Mas ela lhe enviaria uma cópia, e caso ele confirme sua autenticidade, eles voltariam a conversar e, evidentemente, ela o entregaria a ele. O que mais deseja no mundo é poder entregar provas contra Genésio Capoano à justiça.

Chega ao aeroporto quase na hora do embarque e mal suporta as horas do voo. Está excitada, demasiado ansiosa para saber se pode confiar naquele inesperado envelope pardo.

Do aeroporto de Brasília, pega um táxi direto para a casa de Ernesto; quer lhe mostrar o material revelador. Ele é da área, com certeza saberá alguma coisa.

Mas o Ernesto que vai abrir a porta está completamente bêbado. Voz enrolada, cambaleante.

— O crápula já foi solto, conseguiu um *habeas corpus* — diz. — Vai esperar o julgamento em casa. É poderoso demais para ser condenado, eu já sabia. Vou ter que matar esse sujeito, Julia. É a única maneira. Matar com essas minhas mãos. — Seus olhos de bêbado param, examinando com raiva suas mãos frágeis de burocrata. Dá um murro no braço da poltrona e se levanta, cambaleante.

O *habeas corpus* era previsível, mas não tão rápido, e o estado de Ernesto a abate profundamente. Sua euforia desaparece.

Terá que se controlar e esperar pelo dia seguinte para ter com ele uma conversa decente.

A chegada do envelope anônimo a fizera se esquecer da conversa com Hermione, mas agora, em casa, depois de um banho e tomando uma taça de vinho, enquanto faz uma omelete, dá-se conta de que se perturbara mais do que pensara de início. A força daquela mulher frágil, e a voz! Há um mistério ali. Teria sido cantora algum dia? E o medo. O alerta que lhe fez. Logo para Julia falar de medo, aconselhá-la a ter medo, ela, a pessoa mais medrosa que conhece. É algo visceral, meio incontrolável nela, a angústia terrível que às vezes baixa de algo muito ruim prestes a acontecer.

Não tanto tempo atrás, comentara com Lili:

— Será que foi Tarquínio e os corredores da casa de vovó que me deixaram tão medrosa? Às vezes meu medo é quase palpável, pesado, um medo puro que me aparece assim, como se fosse um temido amigo de infância que viesse visitar.

— Você era um pouco medrosa quando criança, Juju, mas depois ficou tão certa do que faz!

— Não exagera, Lili! Eu bem que me esforço para dar essa impressão de segurança, mas é tática provisória... E quando me vejo acometida por algum medo, penso em Tarquínio. De todos os medos que aprendi a ter, os que aprendi com ele são os mais seguros. Pelo menos, ele nos dava também o antídoto: "Me ajude, São Cipriāo!", "Acuda, Santa Rita!". Mas você nunca teve medo de nada, Lili, teve?

— Do que vou ter medo, se não faço nada? O que tenho são pequenas aflições concretas: acontecer alguma coisa com Ernesto... ficar sozinha.

— Você se preocupa em ficar sozinha? — Espantou-se Julia.

— Quando Ernesto passa três, quatro dias de cara amarrada, me preocupo. — Sorri. — Mas às vezes penso que talvez, sim, eu tenha tido esse medo de que você fala no começo, quando deixei de ser criança. Medo de enfrentar tantas coisas que me pareciam inacessíveis. Por isso sempre quis uma vida tranquila. Não seria capaz de levar esse tipo de vida frenética e, queira ou não, competitiva que vocês levam. Foi uma compreensão que tive desde pequena. Eu via você, admirava muito tudo o que você fazia, até a invejava um pouco, mas sabia o quanto éramos diferentes. E você acabou culpando Ernesto, injustamente. Faço muitas coisas que o Ernesto pede, não vejo motivo para não fazer, se são coisas tão pouco importantes para mim e importantes para ele. Mas nada de essencial, nada do que eu realmente quis eu deixei de fazer por causa dele.

— Sei que você fazia o que ele pedia porque queria, mas acho que ele pediu coisas fundamentais, sim. O vôlei, esqueceu? Você queria ser jogadora profissional, até que um belo dia ele a proibiu de jogar.

— Ele não proibiu, Julia, apenas percebeu que eu já não estava jogando bem. E era verdade. Eu não estava dando conta; iria ter que largar mesmo mais cedo ou mais tarde.

— Você está racionalizando agora.

— Não. Você não entendia nada de vôlei e não percebia. Aliás, você mal olhava o jogo. Só aparecia na hora das comemorações. Pensa que não me lembro?

Risos das duas.

— Mas trabalhar você nunca trabalhou, por causa do Ernesto.

— Nunca tive vontade de trabalhar fora, nem tenho. Sempre quis fazer alguma coisa como o que faço hoje: na minha casa. Não, Julia, pode ter certeza: por causa do Ernesto, nunca deixei de fazer o que eu julgava realmente importante. Aliás, acho que ninguém deixa de fazer o que quer, a menos que seja forçada, o que nunca foi meu caso. Se uma pessoa faz alguma coisa para agradar alguém, é porque o querer agradar esse alguém é o que na verdade ela quer, você nunca percebeu isso?

— Sim, pode ser. Quem vai saber? Provavelmente estava certíssima ao escolher sua vida tranquila. Fez bem.

Era um começo de noite, as duas na varanda, cadeiras de frente para o lago, a beleza desmedida do pôr do sol do planalto e o azul sem limites sobre elas.

Um aguaceiro forte acabara de cair. Espalhara no ar o cheiro agridoce, efêmero, da terra seca molhada pelas primeiras chuvas do ano. Julia bem gostaria de conservar um pouco mais esse cheiro ameaçado de extinção, exterminado pelo asfalto. Em Brasília, em alguns lugares, ele ainda desabrocha intenso depois da primeira chuva, impregnando o ar por alguns instantes.

Julia entende o que a fez a vida toda procurar Lilian. Essa sua harmonia com a vida, esse seu sentir-se bem tal qual era e tal como era o mundo a sua volta, era isso que a tornava tão ímpar e a justificava a transformava em uma espécie de oásis sereno que atrai, vem... é possível viver em sossego no mundo, vem... é possível ter paz, vem.

Por muito tempo, quando, por alguma razão, queria pensar em alguém feliz, pensava em Lilian. Ainda que às vezes a achasse um pouco simples demais, com preocupações prosaicas demais, e tantas vezes se exasperasse com sua recusa a sair de seu pequeno mundo, Lilian continuava a ser para Julia uma referência inestimável, uma espécie humana de bálsamo.

E, sem se dar conta, vê as duas estendidas nas esteiras de praia nas férias, conversando sobre seus planos. Ela, taxativa:

— Eu vou ser diplomata.

E Lili:

— Eu quero ser capaz de compreender as pessoas.

Julia se surpreende.

— Isso até que é bonito, mas já pensou no tanto que você teria que estudar? Psicologia, antropologia, filosofia... Além de ler e ler sei lá quantas coisas. Logo você que nem gosta muito de ler!

— Não falei nesse sentido, Juju. Quero compreender no sentido de aceitar as pessoas como elas são.

Julia se vira na esteira, limpando areia da perna.

— Sei, você quer ser santa. Faz mais seu estilo. Só que não sei se vai conseguir.

— Basta! — diz Julia a si mesma, prestes a chorar. — Por que tantas vezes fui tão cretina com ela?

Coloca um antigo disco da Gal e vai para um banho na hidro. Deixa a porta do banheiro aberta, para escutar melhor, e prepara a água com o cheiro fresco do sabonete líquido de lavanda. Tanto faz a água estar fria, morna, quente, contanto que seja água, contanto que a embale. Mas hoje pensa em um banho mais quente, e nele, se deixa envolver como em um útero, abrigo e refúgio onde ela está só, ela com ela mesma e suas dores, angústias e lembranças.

E quando Gal começa a cantar "Índia", ela e Lili, crianças, estão na banheira cheia de espuma da casa da avó, cantando em dueto a mesma música, e as batidas da porta vêm com a voz de Estevão para que saiam logo porque ele também quer tomar banho, e as duas riem e cantam ainda mais alto, afinadas e descaradamente passionais nas canções, como sempre foram. E depois, na adolescência, Lili no violão, as duas esgoelando os Beatles e Nat King Cole, *They say that times, cures a broken heart, but time has stood stiiiiiiill, since we've been apart*; e mais depois ainda, lá estão elas no jogo de vôlei, em que Julia perde uma jogada, outra jogadora a chama de besta quadrada, e Lilian, a melhor jogadora do time, se interpõe, chamando a outra de grossa e provando que Julia não tinha tido culpa nenhuma. E então ela não se segura mais e rompe no pranto convulsivo que nesse momento é sua única possibilidade de escape.

Bem depois, já mais calma, Julia vê um seriado bobo enquanto espera o sono. Não responde ao telefonema de Lino. Está sem cabeça para encontrá-lo. Ele está magoado com seu sumiço. Ela sumiu mesmo. Com tantas coisas acontecendo... Mas não quer perder Lino, isso não. Amanhã ligará.

O sono chega, uma angústia despropositada começa a perturbá-la, e ela sonha e se vê adulta, mas como se fosse outra vez menina, procurando a cama de Lilian no escuro: "Chega mais pra lá, me deixa dormir com você. Não ouviu o barulho?" "Que barulho? Não tem barulho nenhum." Mas ficava faltando a parte tranquilizadora quando Lilian deveria dizer "Vem, Juju, enfia a cabeça debaixo da coberta que passa, vem."

Por que demorava tanto a lhe dizer isso? *Diga, Lili, diga.*

Julia cada vez mais angustiada e parada na beira da cama, esperando.

Diga.

18

Mal toma o café da manhã, Julia segue para o jornal. Sua vontade é escrever imediatamente a matéria a partir do material anônimo e publicá-la o mais rápido possível. O promotor confirmou, em *off*, mas confirmou. Os documentos são oficiais, têm o selo. Devem ter sido roubados, e ela os entregará à polícia, mas antes, seja como for, é preciso aproveitar esse trunfo caído em suas mãos. Vai escrever e colocar na mesa do seu editor e dos advogados do jornal, um furo tremendo. Mas, num repente, pega o envelope em sua mesa.

Vai até o ministério; é preciso antes mostrá-lo a Ernesto.

Sua cara de ressaca e desânimo está horrível. Julia põe o material sobre sua mesa.

— Veja isto. Era o que eu queria te mostrar ontem. Já estava começando a escrever, mas preciso que você examine tudo com cuidado. Rápido. É do nosso interesse que seja rápido.

Não volta para o jornal; a tensão parece plugá-la em uma tomada elétrica. Está deixando sua vida profissional e pessoal se consumir no luto e na intenção de ver Genésio Capoano na cadeia, e isso não é nada bom, nada bom. Terreno propício para todo tipo de erro.

Assim, quando, horas depois, escuta a voz de Ernesto no celular lhe dizer que o material é falso, Julia, muito bem falsificado, mas falso, uma armadilha para acusarem você de difamação, ela não chega a se surpreender. Tinha se deixado levar pela euforia, como se esse tipo de coisa acontecesse assim, caída do céu. Por isso o promotorzinho a deixara ficar tão tranquilamente com as provas. Ele sabia que eram falsas.

Merda!

As notícias ruins do seu dia não terminam aí. Ao voltar ao jornal, o diretor a chama a sua sala.

Parece consternado, mas é objetivo em sua posição:

— Não queremos que você continue investigando esse empresário, Julia. Não vamos publicar nada sobre ele, a não ser o que estiver diretamente relacionado ao homicídio que a polícia está investigando. Sinto muito. Procure outra pauta.

— Não entendo.

— Entende, sim, minha querida. Entende sim.

Minha querida? Aquele cara tão formal, tão rabugento, irritado e indiferente chamando-a de minha querida? Julia não é uma pessoa intempestiva, mas é de maneira intempestiva que se levanta e pede sua demissão. Não pode aceitar essa cumplicidade. Não pode aceitar o poder de Capoano. Não pode aceitar a rendição de seu jornal.

Está possessa. Não se reconhece mais.

O que anda lhe acontecendo? Que rumo está tomando? *Para onde você está me levando, Lilian?*

No mesmo impulso, pega suas coisas pessoais, telefona para o editor de um site político de prestígio e também seu amigo e pergunta se pode passar por lá. É um escritório pequeno, em um dos prédios antigos do Setor Bancário, e ele a recebe imediatamente. São duas pessoas que já foram colegas, dois profissionais que, embora não sejam próximos, se admiram mutuamente desde o tempo da universidade. Há um bom tempo os dois não se viam. Os cabelos dele estão tingindo-se de branco nas têmporas, ela se surpreende. Sua geração está começando a ficar grisalha.

Os dois conversam. Ela lhe conta o que aconteceu e está acontecendo, o poder de Luiz Genésio Capoano, que, mesmo depois do flagrante do feminicídio hediondo, foi capaz de montar primeiro a tentativa de induzi-la ao erro, e depois, a pressão sobre seu jornal. O editor do site não hesita nem por um momento e lhe diz:

— Venha para cá. Bancaremos essa reportagem.

Mais serena e segura, ela vai outra vez à triste casa que agora é só de Ernesto. Quer conversar melhor com ele. Entender a pressão que está caindo sobre a investigação que mal estão começando a fazer, e outra vez o encontra bêbado.

— Não seria o caso de beber menos, Ernesto! Assim você não está me ajudando em nada.

— Não acabei de te ajudar te livrando de um processo por difamação?

— Sim, muito obrigada. Mas eu preciso contar mais com você.

— Ah, precisa? Por quê? Diga.

— Por Lili, Ernesto.

— Pare de dizer que é por Lilian que está tão envolvida. Você achou um bom tema para uma reportagem, Julia. Você é obcecada por seu trabalho. Obcecada por sua carreira. Lilian também achava isso. Achava que às vezes você se esquecia de viver.

Julia não quer perder a calma, seria ridículo brigar com Ernesto numa hora dessas, mas está ficando furiosa.

— É verdade. Sempre levei minha profissão muito a sério, Ernesto. Não fiz como Lilian, que, por sua causa, deixou de estudar. (*Foco, menina, foco. Deixa o passado em paz*). E vê se acaba com essa autocomiseração! Deixe de ser centrado em seus problemas. O que está em jogo aqui é Lilian, e não você.

Ernesto descontrola-se.

— Carreirista! Você está pensando em sua carreira, em seu furo. Não é assim que se diz?

Julia quase dá um tapa na cara dele, mas se detém a tempo e, com esforço, o leva para o chuveiro. Que ele se ensope, se empape de água, se afogue, cure a bebedeira. Deixa-o, de roupa e sapatos, debaixo da água caindo.

— Amanhã a gente conversa.

Em seu apartamento, não é fácil para Julia se acalmar. Lilian disse mesmo que ela se esquecia de viver por causa do trabalho?

E não ia telefonar para Lino? Já está passando da hora. Se não ligar logo, é bem capaz de perdê-lo. Telefona, a conversa é difícil. Lino não está nada feliz com o abandono daqueles dias. Julia tenta lhe explicar por que está tão sem cabeça para namoro, para trepada, para nada.

— Obcecada, é verdade. Estou ficando obcecada por esse crápula chamado Luiz Genésio Capoano. Mas também estou de luto, Lino. Você compreende isso? Me dê um tempo, vou melhorar.

— Vamos pelo menos conversar um pouco. Vamos a um bar tomar alguma coisa, só isso. Há duas semanas não nos encontramos. Você precisa relaxar. Até sua voz está ficando esganiçada.

E lá foi ela ao bar com Lino.

Foi bom ter ido. Conversaram, se entenderam, saíram meio bêbados, Julia mais do que ele, o apartamento era pertinho, e ela quer que ele suba, e chegam, aos beijos, à sala e depois ao quarto, e ela facilmente se esquece do mundo.

Às vezes, é mesmo fácil se esquecer do mundo. O mundo é que jamais se esquece de nós.

Nessa noite, Julia tem outro pesadelo. Três homens encapuzados a agarram, e ela vai morrer, mas Lilian a puxa de um carro e sai em disparada. Acorda outra vez em prantos. Arrepende-se de ter dito para Lino que era melhor ele não passar a noite com ela. Por que se impôs essa missão tão dura? Por que se impôs esse dever? Não pode ser apenas pela tristeza profunda. Nem pode ser só para vingar Lilian, a quem, agora, nada disso interessa, nada disso irá lhe devolver a vida, e Julia não acredita em vinganças.

Então, por quê?

Porque está indignada, quase a ponto de berrar por justiça ao ver um homem daquele manobrando tantos? Porque não dá para acreditar na polícia, tampouco na justiça, não dá. Mas quem lhe garante que ela e Ernesto poderão contribuir de fato com alguma prova válida? Ela, cada vez mais fragilizada, como está ficando óbvio? Ele, cada vez mais bêbado? Aonde irão parar os dois, justiceiros amadores que sequer sabem onde estão se metendo? Por que não pode ficar apenas parada assistindo a algo tão tremendo? Por que faz parte de um país e acredita que tem uma parcela de responsabilidade em tudo que está aí, ainda que todos, como ela, achem que basta criticar? Por que ética é uma palavra que, nesse momento, aparece com todo seu peso e clareza e se torna tão concreta como essa madeira de que é feita a cama em que ela está deitada? Ou tão necessária como esse copo de água que está em suas mãos e ela se prepara para beber?

Mas enfrentar um cara tão mais poderoso como Genésio Capoano? Ela e Ernesto, dois goianos borra-botas, o termo com que ele se referiu a Ernesto?

Nenhuma resposta pousa em seu travesseiro. Nenhuma traz a calma que procura.

Vem da infância o único sossego que lhe chega, e é ambíguo. Ela e Lilian, meninas de mãos dadas, na esquina da rua da casa da vó, entrando no bar em que algumas vezes vaqueiros e jagunços entravam armados. As duas fingiam querer comprar alguma coisa para ver as armas. Mas só Lilian tinha coragem suficiente para ficar reparando nos homens e perceber a saliência do revólver debaixo da camisa. Quando descobria, tentava mostrar a Julia, que, temendo olhar de frente os homens mal-encarados — na verdade, não todos, alguns eram até brincalhões —, raríssimamente vislumbrava alguma coisa. Uma noite, uma briga no bar terminou em morte. No dia seguinte, elas gastaram suas mesadas para entrar várias vezes no bar e ver a mancha escura do sangue na tábua suja do piso, esperando também ter a ambígua sorte de ver o próprio assassino. Um homem capaz de matar outro homem deveria ser diferente, ter alguma coisa na cara, marca especial, algo talvez monstruoso. Não poderia ser um homem normal, poderia? E pela primeira vez, o bar estava quase vazio. Quem entrava pedia uma pinga no balcão, olhava estranhamente a mancha e saía. Julia, surpresa, viu que a reverência e o respeito à morte eram compartilhados por aqueles homens incompreensíveis: tinham, então, todos eles, alguma coisa em comum com elas. E as duas já estavam saindo, quase na calçada, quando Julia, catapultada por inesperada coragem, voltou para perto do homem encostado no balcão e pediu:

— Posso ver seu revólver?

O vaqueiro, zombeteiro, ergue a camisa:

— Aqui num tem revólve não, fia.

E lá se foi Julia correndo, escutando atrás a risada conjunta do vaqueiro e do moço que atendia do outro lado do balcão. À noite, no quarto, segura em sua cama, ela diz:

— Eu queria ter pisado no sangue do homem morto no bar. Se não estivesse descalça, eu pisava.

— Mas por quê, Juju?

— Pra ver se ficou duro mesmo.

Hoje ela poderia matar os que passaram sobre seu sangue coagulado no asfalto, Lilian.

19

Se é certo que Julia pensava que sua vida pessoal estava desmoronando, logo passaria a ver o que isso de fato significava.

Notas anônimas de desmoralização começaram a aparecer nas redes sociais e nos pasquins da grande imprensa.

> *"Maria Julia Candido foi demitida por ter cometido vários erros de apuração."*
>
> *"Maria Julia Candido foi vista ontem, embriagada, em conhecido restaurante."*
>
> *"O que anda acontecendo com a famosa Maria Julia Candido, vestal da nossa imprensa?"*

Fotos montadas na internet dão um clímax aos escândalos: ela, com jeito de bêbada, saindo de um bar, o abraço como amparo de um homem de costas; fotos montadas de seu carro batendo em alguém, sem parar para socorrer a vítima. As manchetes:

"Jornalista conhecida foge de acidente com vítima."

"Jornalista irresponsável será processada."

Seu chefe, editor do blog, está indignado. Esperava alguma reação do pessoal de Capoano, mas não aquela canalhice. Se Julia está disposta a enfrentar essa campanha, ele está disposto a lhe dar todo o apoio. Que siga em frente, e ele fará um editorial no blog desmontando a tentativa de difamação e pedindo que a polícia averigue de onde vem.

"Maria Julia Candido, uma das mais corajosas e prestigiadas jornalistas investigativas deste país, está sendo alvo de uma campanha de difamação por ter a coragem de investigar um conhecido empresário atualmente processado por homicídio. (...) Reiteramos os princípios deste blog. A denúncia da corrupção deve ser permanente e sem complacência (...) essa praga gerada por sociedades fundamentadas em sistemas de desigualdades em que os valores capitalistas exacerbam tudo isso ao máximo, como estamos vendo acontecer. (...) Maria Julia Candido tem nosso apoio irrestrito no jornalismo investigativo que faz e contra todos os tipos de ameaças e difamações, publicadas em jornais que não merecem o nome que têm."

Seus amigos jornalistas se articulam para reagir em sua defesa. Os desmentidos, porém, parecem óleo derramado nas fogueiras sociais, e em um primeiro momento, Julia, afundada em seu desespero à noite, deixa-se levar pelo temor às consequências para sua carreira e pela vergonha que pode provocar com as calúnias chegando a quem desconhece que são calúnias. Sabe que elas a acompanharão por muito tempo, talvez a vida toda, e certamente isso afetará a confiança em seu trabalho. Difamação é como dizia aquele antigo sábio (foi Salomão?), que, ao julgar um caluniador, manda-o rasgar em minúsculos pedaços um pergaminho, sair pela cidade espalhando-os aos quatro ventos, e voltar. Quando o caluniador voltou, Salomão (foi ele mesmo?) lhe diz que sua condenação seria agora recolher os pedacinhos para recompor o pergaminho. E que soubesse que desfazer a calúnia que lançara sobre a honra de um homem seria mais difícil do que recolher as centenas dos pedacinhos levados pelo vento.

Quem lhes contava essas histórias bíblicas era Tarquínio, que, depois da morte da avó, foi morar na casa do pai de Lilian. E é como se Julia ainda ouvisse a voz rouca dele, que sempre lhes pareceu velho, embora naquele momento certamente ainda fosse novo, falando dos demônios: "Belzebu, qui tem esse nome de boi, é todim preto, demais de enorme, tem asa de morcego e vem cercado de fogo, o fogo do inxofre du inferno. Ele é Príncipe dos Demônio, segundo depois de Satanás. Às veiz vem disfarçado de cobra: tem qui tomar cuidado quando for andar pelos mato aí, cêis duas." E as meninas juravam para si mesmas que nunca jamais andariam por mato nenhum. "Belial é o intriguento mor; tem três zói, sete oreia e cinco boca numa cabeçorra qui tem qui ser grande pra caber tudo. Vem numa carroça de fogo, fogo do inxofre qui é do inferno, mas gosta é de ficar invisíve pra escutar conversa dosotro." E as duas se mexiam, inquietas. Quem poderia afirmar que Belial não estava naquele justo momento ali perto escutando tudo? "Belfegor é diabo estudioso. Pode ser qui vem no corpo duma mulher bonita, pelada, só qui de barba, pés de bode e zunha puntuda. Meirim é príncipe vomitador dos esprítu pestilento. É dos mais fei qui tem, um rabo dando volta e reviravolta, oreia de burro, e nariz todo trincado quinem pau véi. É quem mais fede. Nunca qui deu pra ninguém chegar perto pra ver direito como Meirim é mode o fedor infernal qui cobre ele quinem casca podre. Asmodeus é o diabo da luxúria e da dissipação, qui eu sei de cor, mas num pregunte o qui é isso, qui num posso dizer, só digo qui ele é interventor das mesa de jogo do inferno, com treis cabeça: uma de touro, outra de bode, e a tercera de sapo. Asmodeus gosta é muito do povim dessa cidade." E agora era Tarquínio que ria, ria, antes de continuar: "Satanás é diabo da raiva e da inveja. É senhor de todinho eles e o mais sabido: vem cada veiz de jeito diferente pra ninguém saber como é ele é de verdade. Tem inté o capricho de parecer moço bonito, todim vestido de preto ô de vermeio, chapéu preto pra esconder os chifre, só qui com dois pé de bode, quisso num tem jeito de esconder. É sina desse povo todo do inferno. Quem quiser saber se quem ele tá vendo é mesmo diabo, é só mirar pros pé. Se for de bode, pode sair ventando." E a certeza se instalava nelas: jamais conversariam com nenhum moço sem antes olhar seus pés, só que agora Lili esquecera essa lição ao conhecer Abelardo, e ao pensar em enfrentar Genésio Capoano. "Leviatã é jacaré, serpente, onça e dragão, tudo no mesmo tempo. Foi criado pra brinquedo dos diabim (o que até as enternecia um pouco), mas cresceu demais da conta e virou Diabo do Fim do Mundo. Desse, cêis pode ter o maior dos medos, ele é o demônio da destruição." Esse. Esse é que deve ser Genésio Capoano. Misturado com Mamon, diabo que ensinou os homens a cavar a terra procurando tesouros escondidos e é todo ao contrário: a bunda na cabeça e a cabeça na bunda, virada para trás.

E se a intenção explícita da campanha de injúrias era afastar Julia das investigações ao desestabilizá-la, desmoralizá-la, deprimi-la, teve um efeito contrário. Depois dessa noite enfrentando seus demônios da infância, ela amanheceu tomada por um ânimo ainda mais furioso e determinado, mais focado na destruição de Genésio Capoano.

Se a infâmia já fora espalhada ao vento, sua resposta seria ir até o fim e fazer o resultado de seu trabalho ser colocar aquele Leviatã-Mamon contemporâneo na prisão.

20

Quase ao mesmo tempo, a notícia de que o grande empreendimento na origem do que acontecera, a Brasineylândia, e que seria lançado com o aval do governo do DF e da Secretaria de Turismo — "Um investimento que trará empregos e turistas para Brasília" — também teve uma consequência inesperada.

O lado benéfico da fúria faz Ernesto sair de sua letargia e, com um ímpeto que ainda não mostrara, reagir. Toma um banho demorado, esfregando-se com a bucha até quase ferir a pele desidratada, dando tapas na própria cabeça, como alguém no hospício. Veste-se prestando atenção às roupas que retira do armário; leva para a área de serviço a trouxa de roupas sujas espalhadas pelo quarto — onde há dias proibira a faxineira de entrar. Não quebra sua garrafa de uísque, mas a coloca em seu devido lugar no armário de bebidas, não mais em sua mesa do escritório.

Tem algumas ideias claras sobre o que poderá fazer para contribuir com a investigação de Julia, e uma das primeiras coisas é levantar as negociações que, no passado, fizeram aquela área específica de mananciais cair nas mãos proprietárias de Capoano.

Mananciais: mina d'água, olho-d'água, nascente. Apanhe em suas mãos essas belas palavras e seu mais belo significado: fonte de água pura. Fria. Transparente. São também todos os corpos de água já formados: rios, lagos, represas, lençóis freáticos e aquíferos, os *sine quan non* do nosso Planeta Azul.

A área de mananciais, pedaço de terra que Capoano cobiçou, pedaço de terra que provocou a morte de Lilian, é um oásis no meio do Cerrado devastado.

A cobiça de Capoano por ela vinha de um ato de corrupção primal que exacerbara seu suposto direito de proprietário: essa área, justamente, área pública cuja venda é ilegal caso não tenha a licença própria dada a sua singularidade, foi alvo de uma compra imoral, a preço de banana, no começo dos anos setenta, pelo pai de Capoano, o falecido general Camil Nóbrega Capoano, ligado ao SNI. Filho único, Luiz Genésio a preservou mesmo em sua época de falido, por acreditar que sua valorização seria exponencial em algum momento futuro. E ter visto, depois, o que considerava como direito intocável, valorizado pelo seu tino de homem de negócio, ser-lhe tirado por um "borra-botas como o Ernesto" foi inaceitável. Não era apenas algo sem importância que lhe seria tirado, mas a única herança do pai que teria valido alguma coisa.

Ou não foi por nada disso. Foi apenas por não admitir empecilhos em qualquer de seus caminhos. Ou pura sanha vingativa. Ou brincadeirinha suja para se divertir. Vá lá saber o que de fato move um canalha.

21

Um Ernesto irreconhecível levou Julia para ver, tocar, cheirar a área cobiçada por Capoano, dar alguma concretude ao que lhe parecia cada vez mais intricado.

A ida a uma reserva biológica não é passeio para qualquer um, mas tem suas compensações.

Ao entrar e se deparar primeiro com as árvores baixas e retorcidas como as que conhecia desde a infância, o capim seco e o cheiro esturricado das plantas enfrentando o sol, Julia desanima um pouco. Foi, então, aquilo tão comum na vida das duas que provocara a morte de Lilian?

Caminhando mais, no entanto, chega o momento que nem o próprio calor do mato raso embaça a beleza das estranhas flores de formatos inesperados que vão aparecendo aos poucos, muito menos o frescor das nascentes límpidas, o ritmo das quedas d'água formadas por entre as pedras e, mais adiante, as cores do bosque de ipês, quaresmeiras, bálsamos, palmeira-jerivá, peroba, baru, pequizeiro. A beleza que ela já não imaginava encontrar. Essa área transformada em unidade de conservação como única maneira de assegurar a preservação do equilíbrio natural da sua diversidade biológica e processos ecológicos, além do cerrado *strictu sensu*, é um mosaico com matas de galeria e campo sujo e campo limpo, seco e úmido, exemplares de uma riqueza que vinha se deteriorando e se extinguiria em dois tempos se uma absurda Brasineylândia fosse criada ali.

Julia escuta o zumbido tosco das cigarras e os pios de pássaros tão diversos que jamais ousaria sequer pensar reconhecer. O guia, funcionário da reserva, familiar com muitos deles, enumera:

— Fogo-apagou, gralha-do-cerrado, tiziu, chupim, beija-flor, sabiá, canário-da-terra, saracura-do-brejo, aqui tem de tudo quanto é pássaro, é só dizer um nome que eu digo que aqui tem. Arara, papagaio-galego, de tudo aqui tem. Já os bichos rasteiros, esses não são tantos, uma parte já se foi, são os que morrem mais rápido; mas cobra tem de todo tipo também, e calangos, lagartos, aranhas e uma povoação incontável de insetos, que esses parecem que não morrem nunca. Dos bichos grandes, restam poucos. Onça, nem pensar. Ainda tem lobo-guará, raposa, capivara, mico-leão-preto, mas poucos, e vivem acuados. Tatu é que é de dar com pau. A flora também tá sumindo, e muito das plantas medicinais. Mesmo as quaresmeiras, sangue-de-cristo, chapéu-de-couro e arnica são bem menos numerosas do que eram antes. Capim-gordo, que era mato, virou coisa rara, mas os cupinzeiros estão aí, de todo tamanho. — E apontou para um, gigantesco, que mais parecia um morrete. — Pesquisadores das universidades vêm muito aqui. Só não sei se ficam satisfeitos ou não, são muitos os problemas que vão encontrando. Mas quando vão ali pra cima, onde tem um trecho que é de regeneração, que já foi pasto de gado, eles olham praquilo e ficam balançando a cabeça, admirados.

A área tem quase três mil hectares, e eles passam boa parte da tarde caminhando por ali. Julia vê jatobá e ingazeiro: com certa animação, tenta comer um ingá, mas logo entende que o gosto por aqueles pedacinhos de gosma branca permanecera em sua infância; o cheiro farinhento do jatobá lhe parece tão repugnante quanto sempre lhe pareceu.

A tarde avança, mas ela não quer sair dali, como se tivesse que continuar até descobrir tudo que é preciso descobrir no lugar, todo o mistério de um assassinato. Até entender como a vida de Lilian foi trocada pela vida daquela diversidade de espécies, milhares de espécies, a vida daquelas plantas e bichos e água que ela certamente amaria conhecer.

Poderá servir de alívio saber que Lilian não morrera por nada?

Ao sair dali, o que Julia sente é sua perplexidade aumentar: como poderia ocorrer a alguém a ideia assassina de extinguir tudo aquilo?

— É mais do que ambição ou indiferença. É maldade gratuita, Julia — diz Ernesto. — Estamos investigando a imoralidade absoluta de um ser abjeto. Ele tinha outra área disponível, a que a Secretaria de Turismo apoia, por que merda queria exatamente essa? Mesmo tendo sido herança do pai, herança espúria, é bom lembrar, não há nada que me faça compreender o crime que ele cometeu.

— Estou começando a ter medo, Ernesto. Estamos mexendo com algo muito maior do que pensávamos. Esse pessoal é capaz de qualquer coisa. Dá uma espécie de pânico!

Ernesto, agora obcecado, quase fanatizado pelo motivo que finalmente encontrara para sobreviver, a expectativa de alguma justiça, de alguma reparação, não entende o comentário de Julia e responde com rispidez:

— Pode ficar tranquila. O que tinha de acontecer já aconteceu com Lilian.

E o resultado é que, na volta, no carro, os dois, exaustos, picados por insetos, perturbados, estão também chateados um com o outro: Ernesto desprezando o medo de Julia; ela, revoltada com a rispidez e incompreensão de Ernesto. Os dois rememorando todas as razões que julgam ter para não gostar um do outro.

Julia mal se contém. Pensou que poderia se abrir com Ernesto, e o idiota vem com essa de "Pode ficar tranquila. O que tinha de acontecer já aconteceu com Lilian." Estúpido. É claro que não abrirá mão da investigação, se era isso que ele estava imaginando. Às vezes sente-se quase em pânico, é verdade, mas isso não quer dizer que vá abandonar o que ela mesma havia proposto fazer por Lilian. Foi ela quem teve a ideia, é ela quem está se arriscando, ela quem está aparecendo, e ele vem com essa de "Pode ficar tranquila. O que tinha de acontecer já aconteceu com Lilian"! Será possível que não enxergue as ameaças que ela vem sofrendo e não perceba que um sujeito que foi capaz de assassinar Lili, que foi capaz de pensar em extinguir uma área daquelas, pode fazer qualquer coisa com eles? Ou melhor, com ela. Com ele, não. Ele não corre risco nenhum. Não é ele quem está investigando, nem vai fazer as matérias. Dá vontade de desistir desse cara, não tem jeito, sempre o mesmo Ernesto, voltado para seu mundinho e exigindo o diabo dos outros.

Por sua vez, Ernesto, na direção, olhos fixos na estrada à frente, realmente pensa que Julia está vacilando. Covarde. Fica se achando por ter feito uma ou duas reportagens boas, com repercussão, e agora está morrendo de medo porque estão manchando sua reputação. Só pensa em si mesma e em seu trabalho, não tem jeito. Vai ver nem está mais pensando em Lilian. *Se agora vier com a ideia de abandonar essa investigação, sou capaz de esfolá-la viva,* e aperta o volante até as juntas de seus dedos embranquecerem.

O clima entre os dois só melhora alguns dias depois, quando Julia faz sua primeira reportagem sobre as negociatas de terra nos anos da ditadura e da censura. É excelente a repercussão na mídia. O nome de Luiz Genésio Capoano e seu crime voltam à manchete dos jornais, e Ernesto lhe telefona. Diz:

— Excelente, a matéria ficou excelente.

Não pede desculpas, mas Julia acha melhor esquecer a briga anterior e agradece pela ida à área da unidade de conservação e pelos dados que ele lhe passara.

O importante é que as coisas estão seguindo seu curso. Resta ainda muito trabalho a ser feito, mas pela primeira vez depois da morte de Lilian, ela sente o caminho a sua frente se abrindo.

22

Julia está animada. Abre a porta do elevador para o hall de seu apartamento e intui o laivo de alguma coisa estranha.

Cheiro?

Instinto?

Algo errado?

Reluta antes de enfiar a chave na fechadura de sua porta. Abre-a. Por uma fração de segundo, não entende onde está: almofadas do sofá no chão, mesa e cadeiras derrubadas, livros espalhados. O apartamento fora invadido e remexido, e a incompreensão a joga de chofre em um mundo irreal, uma descabida cena de cinema tornando-se parte de sua volta para casa.

O cheiro de coisas familiares sacudidas e jogadas, soltando o pó de um tempo de esquecimento, abandono, as partículas de mofo e domesticidade acumulada.

Seu primeiro instinto é voltar correndo e pedir ajuda. Mas se acalma. Quem fez isso já não deve estar ali. O estado do apartamento é de completa quietude. Quietude aviltada, mas quietude. Ela entra. É medrosa, disso não há dúvida, mas em alguns momentos, parece que acontece alguma coisa por dentro que a enche de uma coragem irracional. Armários com portas escancaradas, gavetas abertas, papéis e livros por todo canto, roupas pelo chão, até na cozinha o vendaval passou. Intimidação? Procura de papéis? Aperta a alça da pasta de couro em sua mão, a pasta onde, por norma, carrega para o trabalho e para a casa todo o material, as anotações e cópias de documentos com que está trabalhando no momento, e seu laptop. Foi o conselho que lhe deu um amigo também jornalista investigativo, e que ela segue fielmente. "Procure não se separar fisicamente do material que está conseguindo na investigação. Os originais, deixe em um cofre no banco."

Avisados, chegam Ernesto e, logo Lino, trazendo um policial conhecido. Aparentemente, não roubaram nada. Deve ter sido intimidação, e com sucesso: Julia agora está visivelmente aterrorizada. Até onde irão?

Lino tenta tranquilizá-la, ponderar, mas Ernesto não.

Nada diz por um momento, mas então, furioso — e ela não sabe se com a invasão ou se com ela ou com os dois — se interpõe, abrupto:

— Eu não sou jornalista, mas posso assinar as próximas matérias, Julia. Assim você fica a salvo e não tem que se preocupar com a segurança de sua pessoa.

Julia sente-se insultada.

— Isso não tem o menor cabimento, Ernesto. O que está querendo insinuar?

A intervenção de Lino não deixa a discussão seguir:

— É preciso fazer o boletim de ocorrência. Vamos, Ju. Meu amigo e eu te levamos à delegacia.

Ela descreve o que aconteceu e, embora sem prova, fala das ameaças que vem sofrendo e registra a queixa contra Luiz Genésio Capoano e Getulio Lombardi.

Lino não a deixa voltar a seu apartamento para que pelo menos aquela noite ela não durma no meio daquele sentimento de impotência e susto. Leva-a para sua casa na W-3 Sul.

Por acaso, tem capim-santo no armário, e ele lhe faz um chá. Espera que desanuvie a cabeça antes de dormir.

Sentam-se bem juntos no sofá, e Lino diz que estranhou a reação de Ernesto. Não entendeu a discussão dos dois. Já mais calma, Julia lhe conta um pouco mais sobre Ernesto e como os três, além do seu irmão Estevão, tinham sido companheiros na infância.

Ernesto passou infância e juventude no alto de uma loja de tecidos, em uma movimentada rua de comércio de Goiânia, a Rua 4, de lojas, bazares e "turcos". O bisavô de Ernesto, seu Nagib, de longa barba branca, sentava-se em um banquinho de madeira à porta de sua loja, qual tronco imóvel, falando péssimo português e tratando seus fregueses de maneira irritadiça. Mesmo naquela idade, parecia querer galopar contra o tempo quando alguém entrava em seu reino. Era libanês, ainda que chamado de "turco", como os árabes chegados com passaporte turco, e como quase todo "turco" em Goiás, era comerciante. Sobre eles, ouviam-se histórias discriminatórias: como tratavam suas mulheres, como eram grosseiros e enganadores (era preciso verificar as contas e a mercadoria antes de pagar, para não ter dissabor depois), e era preciso pechinchar, pechinchar sempre; era costume deles colocar o preço muito mais alto do que o valor real, diziam. Felizmente, esses preconceitos não impediam casamentos, e tanto o avô como o pai de Ernesto casaram-se com brasileiras. Suas famílias abrasileiraram-se e não preservaram os costumes ortodoxos do velho Nagib, tronco solitário da família, permanentemente sentado em seu banquinho na porta da loja. Foi ali que Ernesto morou até, recém-formado em engenharia, se casar com Lilian.

Sua carreira como funcionário público, também pelo que Julia sabia, começara na Secretaria de Obras do Estado, e logo se tornou técnico respeitado na área, cada vez mais voltado para as questões ambientais. Mas o que ela, Julia, via no então namorado, depois noivo, depois marido de Lilian, era o exemplo perfeito do machão goiano, cada vez mais conservador e sem brilho — a não ser o burocrático —, cada vez mais centrado em suas próprias coisas e considerando Lilian, antes de qualquer outro predicado, sua esposa, ênfase no "sua".

Antes do casamento, Julia não escondia a antipatia que sentia por ele, tão enquadrado e alienado, e enquadrando e alienando sua amiga. Foi um tempo em que ela e Lilian se afastaram, e quando se encontravam, Julia não se continha e a provocava ao máximo. Um absurdo esse namoro eterno com Ernesto, um absurdo essa vidinha pequeno-burguesa de não fazer nada, um absurdo ser virgem, um absurdo isso, um absurdo aquilo. Lili olhava-a magoada e respondia com verdade irrefutável:

— Você tem sua vida, Julia. Eu tenho a minha. Você está feliz como é, eu estou feliz como sou. Por que não podemos ser amigas, cada uma sendo o que deseja ser?

Naquela idade, no entanto, as complexas preocupações de Julia com sua profissão, o mundo, o país, a humanidade a impediam de reconhecer a sensatez de coisas assim tão simples. Mas quando via nos olhos de Lilian sua sinceridade e seu afeto, desarmada, esquecia as brigas e acolhia o carinho que sempre lhe fez bem.

Do alto das inabaláveis convicções da juventude, quem não é um igual não vale a pena. O que não é igual é equivocado.

A razão dos jovens costuma ser radical e narcísica: a razão deles são eles.

Naquele momento, Julia não acreditava que a vidinha de Lilian, que ela previa tão medíocre, pudesse fazê-la feliz. Queria culpar Ernesto, mas se ainda não sabia, pelo menos intuía: não dá para culpar o outro pelas escolhas que alguém faz em sua vida. Lilian lhe dizia que fazia o que Ernesto lhe pedia porque o amava e não importava, realmente não importava, que ele fosse como era nem o que pedia. Não é nenhum sacrifício, repetia, deixar de fazer as coisas de que ele não gosta e que não são importantes pra mim. Nenhum problema.

— Não posso acreditar nisso, Lili.

— Não acredita porque não quer admitir que não sou você, Juju. Eu quero uma vida tranquila, quero me casar com Ernesto, viver com ele em paz, e só.

O tempo, felizmente — para o bem ou para o mal —, vai encontrando sua maneira de acomodar muita coisa, e já adultos, já em Brasília, Julia aprendeu a aceitar Ernesto, a tentar ignorar seus defeitos, a procurar — embora muitas vezes achasse que tinha que se esforçar demasiado para isso — suas qualidades. E agora, tendo que enfrentar ao lado dele o luto por Lilian e o que concordaram em fazer por ela, em momentos assim, como o daquela noite, quando ele lhe falava rispidamente como às vezes o via falando com Lili, ela tem que se controlar para não unhar sua cara.

— Misógino, é o que ele é — diz a Lino, como que para encerrar o assunto, mas sorri. — Tem um lance infantil engraçado, se você tiver paciência para essas histórias.

Entendendo que, naquele momento, o melhor para ela era relembrar, Lino a aconchega mais.

— Perto da minha casa, havia um bosque, previsto no traçado da cidade, mas semiabandonado, um mato por onde passava um pequeno córrego e que não era frequentado por quase ninguém. Sua área era cercada de arame farpado, e só dois pequenos portões lhe davam acesso, um em cada extremidade. Para as crianças, era um lugar proibido, complicado de entrar. Se fossem meninas, pior, porque primeiro era preciso vencer o medo: supostamente era um lugar propício aos tarados, homens que não sabiam bem como eram, mas temidos acima de tudo, temor que as mães conseguiam incutir com sucesso. Havia também o medo infantil de se perder. Embora não ocupasse além de quatro ou cinco quarteirões, era mato cerrado, trilhas antigas invadidas por cipós e pedras, carrapichos e entulhos. Hoje, bem tratado, com um jato d'água saindo do antigo córrego agora canalizado, o bosque se transformou finalmente no que sempre pretendeu ser: recanto bucólico onde as babás levam seus bebês e criancinhas, jovens namoram e adultos fazem caminhadas.

"Sua grande atração para as crianças da rua naquela época era uma pequena ponte de madeira de tábuas soltas e podres que atravessava o córrego e de onde grupos de meninos pulavam aos gritos, desordenados, para um banho cuja única graça era ser proibido. As meninas escutavam primeiro os barulhos e, agachadas, se aproximavam por trás das moitas cheias de carrapicho; segurando a respiração, olhavam. Se algum deles estivesse pelado — e geralmente estavam —, toda essa coragem se esvaía no instante, e elas não conseguiam manter o olhar. Como se seus olhos queimassem com o mero vislumbre e o temor de, como a mulher de Lot, serem transformadas em estátuas de sal. Saíam em disparada, de volta pela trilha, coração aos saltos. Na rua, a salvo da danação, o riso desenfreado reequilibrava as emoções, enquanto catavam carrapichos das roupas com sofreguidão, não fossem deixar indícios que as denunciassem. E entre os meninos que pulavam pelados, alguns eram conhecidos, como Estevão, meu irmão, e seus amigos, entre eles Ernesto, bem mirrado na época, quase esquelético. Não era barulhento, nem briguento; era sério, educado, aquele tipo de menino que sabia cumprimentar os adultos, pedir licença, agradecer. Lilian o adorava. Talvez tenha se apaixonado por Ernesto desde essa época.

"Por ser filha única, talvez, Lilian admirava os meninos mais do que eles mereciam. Quando criança, ela era como se fosse um deles, corajosa de dar inveja. Depois, começou a idealizá-los, abdicou. Lilian desistiu. Só isso explica por que, adulta, ficou tão presa nas teias do papel feminino que lhe reservaram. Ela, que na infância fazia o que poucas meninas faziam, por que terminou optando por uma vida tão cômoda? Foi preferência afinal respeitável por uma vida sossegada? Ou acomodação e complacência frente à ideia de uma autorrealização muito trabalhosa? Difícil saber a diferença. Mais ainda no caso dela, que sempre pareceu tão certa dos seus desejos, tão convincente quando dizia quero ou não quero, e pronto."

Como saber quando a pessoa apenas se adapta ao que a sociedade permite? Como saber quando a sensação de tranquilidade, quem traz é o vazio da ausência de desejo, o copo d'água que se toma mesmo sem sede?

— De uma coisa não posso me esquecer — continua Julia. — Lilian sempre tomou minhas dores, brigava minhas brigas. Quem puxava briga comigo brigava era com Lili. Eu sabia ficar magoada, mas não sabia brigar. Mas o que acontecia? Minha humilhação aumentava por precisar de alguém para me defender, e eu a odiava nessas horas: saía furiosa com quem me magoara, e também com Lili. Mas ela não entendia esses lados escuros da alma. Sempre foi cristalina, franca, às claras. Meio tola, sei lá.

"Quando Estevão, dois anos mais velho, e na infância muito dado a mostrar quem de fato mandava, me dava um murro na boca do estômago porque não estava gostando 'dessa cara que você amanheceu com ela, Julia', ou porque 'você estava outra vez mastigando errado na hora do almoço', ou quando torcia meu braço até eu contar vinte, para que aprendesse a pisar mais silenciosamente quando passasse perto dele, e enquanto eu perdia o fôlego, avisava, 'Se contar pra mamãe, apanha mais', era uma Lili aflita que enfrentava Estevão em minha defesa. E era com ela que eu acabava também furiosa, extravasando a raiva que não tinha coragem de dirigir a meu irmão. Gritava: 'Tá vendo? A culpa é sua.' E me trancava no quarto, deixando-a do lado de fora, até minha mãe chegar e me obrigar a abrir a porta. Era outra bronca que eu levava, 'Por culpa sua, Lili'.

"Também era ela quem gritava, avançando sobre ele, quando Estevão me pegava mexendo em seu armário, atrás de gibis: 'Larga o braço dela, larga.' E eu, depois: 'Culpa sua, Lilian. Você não tinha que me avisar se Estevão estivesse vindo?' Ela me olhava, lágrimas prestes a cair, mas longe dali, para que eu não visse e dissesse 'Você tá chorando agora só pra que eu fique com pena. Mas não vai conseguir, Lili'.

"Era um afeto tão garantido, que muitas vezes eu fazia pouco dele, como se também não me fosse importante. Como se eu não precisasse."

Julia silencia, e Lino apenas espera que continue.

— Foi no começo da nossa adolescência que os dois começaram a namorar. Ernesto tinha se tornado um rapaz com a mesma magreza e maneiras gentis, mas impositivas. Era muito fechado e às vezes extremamente mal-humorado: mandava em Lilian, e se ela fizesse a mínima coisa que o desagradasse, passava dias sem a procurar. Lili chorava, trancada no quarto, sem sair de casa para não o deixar ainda mais contrariado. Nas festinhas, só dançava com ele, e só as músicas lentas. Quando ia ao cinema, era também só com Ernesto. Eu, francamente, achava que Lilian estava perdendo muita coisa, namorando tão sério e tão cedo, e lhe perguntava: “Como você faz quando está com vontade de soltar um pum e Ernesto está por perto?” “Que bobagem é essa, Juju?” “É que deve ser difícil, Lili, você não desgruda dele.”

Julia agora ri, se lembrando da cena.

— Na adolescência, eu não valorizava o amor. Talvez porque nunca tenha de fato me apaixonado antes. Achava tantas coisas mais importantes: uma vida rica de acontecimentos, o mundo. Hoje creio que os apaixonados é que veem o mundo como ele deveria ser.

E então se volta para Lino, beija-o com paixão e consegue outra vez esquecer a dor e o sofrimento, que deixa esperando lá fora.

23

Entre o círculo de Capoano, talvez seja ele o único que entende perfeitamente a gravidade de sua situação. Está solto, mas não está livre. Seus advogados tentam minimizar, otimistas, ou falsamente otimistas, mas ele não. Assassinato em público não é algo com que ele saiba lidar. Algo tão fora de seus procedimentos normais, que só isso já deveria servir como prova de sua inocência. É o que pensa. E se a coisa não parar e resolverem mesmo processá-lo, sua vida e seus negócios serão prejudicados. Pensarão que ele perdeu as estribeiras, que se deixou levar pelo aceno de uma vagabunda. Até Lombardi tem olhado para ele de jeito pouco usual. Outros empregados também. Olharezinhos de esguelha, que ele finge não ver, para não expulsar todos a pontapés. E Hermione agora é que não atende mesmo suas ligações. Ela, que o conhece tão bem, acredita em sua culpa. Mais um dos seus crimes, ela lhe dirá. E vai torcer para que o julguem culpado, ele sabe disso. A alternativa de sair do país por uns tempos, que já lhe passou pela cabeça, significa fugir, e isso ele imediatamente descarta. Seus negócios estão aqui, sua vida é aqui, seu poder está aqui. E se é verdade que está preocupado, também não é tanto assim. Mais do que competentes, seus advogados são magos, sempre souberam encontrar saídas. A possibilidade de anos na prisão não existe em seu horizonte.

E o que lhe ocorre, como sempre, é chamar Lombardi.

Lombardi, jovem afilhado do seu pai, que um dia se apresentou à sua porta e passou a trabalhar para ele. Esperto, esforçado, fiel — talvez até seu meio-irmão, filho bastardo do pai, mas isso ele nunca checou. Preferiu fazer dele seu homem de confiança, seu pau para toda obra, seu operador. Gosta dessa palavra: operador. Palavra abrangente que diz tudo. Melhor que secretário, com sua carga explícita de subalternidade. Melhor que assessor, com sua arrogância e função restrita. Melhor que executor, com sua conotação letal. Operador engloba tudo e diz o que pretende dizer. O chato é que a imprensa também parece gostar dela, mas lhe dando uma conotação arbitrária. Que seja. Ele não deixará a maldita imprensa se imiscuir em seu vocabulário. Esse poder ele ainda tem.

Hoje ele quer que Lombardi planeje algo mais radical e eficaz. Uma maneira de fazer aquela putazinha prima da outra — devem ter sido amantes — parar de fuçar.

Mas dessa vez, inesperadamente, Lombardi lhe joga um balde de água fria. Diz que não é mais possível. Todos estão de olho, vigilância dia e noite, sem tréguas. O que lhes resta agora é ficar no limbo e cautelosamente mexer os pauzinhos nos bastidores, com o intuito de que as coisas não se compliquem mais.

Lombardi faz isso às vezes — tem seu jeito ponderado de questionar uma ordem —, e Capoano aceita, até gosta, sente-se protegido, e por isso mesmo confia ainda mais nele. Sobretudo porque, antes de qualquer outra coisa, Lombardi sempre pensa na segurança do chefe. É bom ter alguém assim a seu lado, controlando sua intempestividade. Sim, reconhece, é intempestivo. É temperamental, um cara sanguíneo, um cara que perde a maldita paciência quando as coisas não saem como o planejado. É bom ter um cara como Lombardi por perto. Um Lombardi para lhe dizer que o tempo é de cautela.

Como se ele fosse homem de cautela! *Merda!*

E pequenos sustos não são nada frente ao que essa maldita jornalista está querendo fazer com ele.

Levada pelas matérias de Julia repercutidas por toda a mídia, a Polícia Federal começa a investigar também a ramificação de investigar os negócios de Capoano. Com bastante discrição, Lombardi procura senadores e deputados e delegados em seu nome, mas nessa fase, de fato, há pouco que possa ser feito. E o pior não se faz esperar: logo chega o momento em que seu nome parece ter virado uma praga. Seus aliados já não o recebem com a facilidade de antes — nem a ele, muito menos a Lombardi.

Gente que a vida toda lhe deveu favores, mamou em suas tetas, agora se faz de morta. *Bando de hipócritas e aproveitadores!*

É então que um dos seus advogados de longa data, o mais íntimo, amigo antigo, o aconselha a se afastar de Lombardi, deixando-o assumir a responsabilidade em certas denúncias, como se Capoano ignorasse o que ele fazia. As piores. Pode dizer que foi iludido, traído mesmo. Evidentemente, Lombardi teria que ter suas compensações para se pôr de acordo. Quanto às propinas, usadas para subornar autoridades e funcionários públicos, será melhor assumi-las, já que as provas são muitas e nesse ponto há a clássica defesa a ser feita: a empresa fora vítima, forçada por coação; sem propinas, não conseguiria bater nem um prego numa tábua.

Capoano não responde de imediato, mas o advogado pressente que ele ruminará a ideia que, se não resolver tudo, resolve uma parte e, pelo menos, lhes dará mais tempo, e tempo é do que eles mais precisam para que as coisas possam ir se acomodando de seu jeito natural.

Para quem se considera o ímã em torno do qual os outros seres se agitam, a traição não requer mais que um erguer de sobrancelha.

Capoano sabe como fazer. Chama Lombardi e, pela primeira vez em sua vida, vê seu homem de confiança constrangido quando ele começa a conversa insinuando abertamente a irmandade:

— Sabe que às vezes penso que somos irmãos? Você pensa nisso?

Não, Lombardi nunca pensou nisso, é o que responde, remexendo-se na cadeira.

— Seu pai era meu padrinho.

— Sim, sim, era seu padrinho. De qualquer maneira, com tudo que já passamos juntos, se não somos irmãos, é quase como se fôssemos.

Lombardi nada diz, mas intui a gravidade pouco usual da conversa, que, de qualquer maneira, foi curta.

— Estamos fodidos, meu velho. E se me pegarem, vão te pegar também. Todos sabem que sempre estivemos juntos. — Ele se levanta para preparar uma dose de uísque com água tônica e gelo para si mesmo. — Há uma saída, porém. A única.

Lombardi pressente o que virá.

— A saída, a única — repete Capoano — é você me fazer a grandeza de assumir uma parte dos problemas, nosso advogado dirá quais. Assumirei a outra. Os advogados farão tudo para você não ser preso, mas se chegar a ser, terá a defesa deles e a garantia de ficar muito pouco tempo. Você sabe como meus advogados são magos. E a sanha dessa pseudojustiça com seus cães policiais não é contra você, é contra mim. Daremos um jeito de tirá-lo de lá com a maior brevidade, e eu o recompensarei com a generosidade de irmão por tudo isso. Você sabe que sei ser generoso. — Outro gole prolongado. — Só preciso saber se você estará comigo nisso. Se compreende a importância de assumir algumas coisas enquanto assumo outras.

O "compreendo" de Lombardi também foi curto, mas sincero. O bom cão de caça, agora constrangedoramente irmanado, aceita o sacrifício. Sabe que, a rigor, não tem escolha. Seu destino está verdadeiramente ligado ao do seu chefe. Melhor aceitar e contar com a competência dos seus "magos" — não só advogados, como Lombardi sabe muito bem.

Só em sua mansão à beira do Lago Sul, na verdade, fortaleza cercada por um alto muro bege, torres de guarita, e portão blindado — o portão onde Ernesto se ferira de tanto bater —, Capoano sente-se anormalmente agitado, e tenta mais uma vez telefonar para Hermione. Por todos esses anos, ele ainda considera que é ela a mulher de sua vida, seja lá o que isso signifique. Ela o odeia, ele sabe disso, mas enquanto ainda atender seus telefonemas, é como se lhe abrisse a possibilidade de voltar a um tempo em que, se não era inocente, o que nunca foi, era mais entusiasmado diante da vida. De fato, a amou naqueles anos, ou, se não foi amor o que sentiu, foi algo que deve ser parecido, a única vez que sentiu a vontade excludente de estar com alguém, ficar ao lado dela, escutar sua voz, a voz mais harmoniosa e forte que jamais escutou cantando só para ele, e talvez seja por tudo isso, talvez até por um pouco de gratidão também. Mas que bobagem! Esse troço de gratidão, grandes merdas! Não é por gratidão, mas por considerá-la a única voz verdadeira de sua vida, a única, e por isso a preserva, como necessidade e prova venerada de seu maior momento de sucesso pessoal. Não quer dizer "seu maior momento feliz". Não crê nas palavras feliz, serenidade, essas viadagens. Elas não constam nem de seu vocabulário nem de seu entendimento, não se interessa por isso. Reconhece que levou um choque quando Hermione disse que queria o divórcio. Culpa daquele maldito rapazinho, o tal Bento, que conseguiu chegar até a porta da casa, e quem a abriu foi ela, ele um passo atrás. O ódio nos olhos daquele menino o espantou. Por uma fração de segundo, até lhe deu medo. Por isso, deve ser, não o esquece. Em seus momentos de estresse, ele aparece como fantasma idiota de algo mal resolvido. Não sabe por que o rapaz quis matá-lo — a ele, Capoano, que jamais o vira antes. Estava com um facão, o imbecil, mas não teve a mínima chance, logo atrás veio Cabide, seu chefe de segurança, e com uma simples gravata, o desarmou na hora. Mas conseguiu assombrar Hermione, que depois lhe perguntou, primeiro, por que ele despertava tanto ódio. Por que destruía o futuro de tanta gente.

— Para que tanto dinheiro, Luiz Genésio? Já não temos o suficiente?

— Dinheiro nunca é suficiente, minha santa — ele tentou lhe explicar, como quem explica o ABC a uma criança.

— Claro que sim. Não precisamos de mais. Nem filho temos para deixar herança. Preciso entender por que você insiste em ser assim. Expulsar famílias de suas casas! Cabide me disse que o pai do menino ficou sem emprego, e acabaram morando num barraco, até que o pai matou a mulher e se suicidou. Ficou só o menino, está na cara que é de menor. Por que, Luiz Genésio?

E então ele quis se abrir com ela, a mulher de sua vida.

— Por ser quem sou, amor. É como sou. Eu, seu marido, faço parte dos que fazem a máquina gigantesca do país se mover, e é assim que ela se move. Se lubrifica. Se não sou eu, será outro. Há poucos outros, mas há outros. Melhor que seja eu. Eu quero que seja eu. Eu me orgulho de que seja eu. Nós. Tudo isso também é seu, minha santa. Aprenda a desfrutar. Você diz que destruo futuros, vá lá, talvez destrua o futuro dessas almas penadas que nunca serão mesmo nada na vida. O pai se suicidar e matar a mãe, lamento, mas não fui eu que os matei, fui? Se os expulsei, foi porque a terra era minha. E expulsarei quantas vezes for preciso. E que culpa tenho se o pai dele era um frouxo? O direito é meu, santinha, e você tem que ver meu lado. Sabe quantas pessoas dependem de mim? Do trabalho que lhes ofereço? Sabe quantos estariam por aí na miséria sem mim, eu, seu marido? Pense nisso quando sua consciência de menina rica vier lhe perturbar. E pense também que, se eu paro, o dinheiro acaba. Se não cresce, diminui. É lógica matemática, entende?

Ela disse que não entendia. Queria o divórcio.

Nem adiantou, depois, quando ele lhe contou que, em outra tentativa de matá-lo, o tal Bento matara um segurança, justo o Cabide, um dos que ela mais gostava. Preso em flagrante, foi para a cadeia, como merecia.

Não se comoveu quando lhe disse que poderia ter sido ele. O que a comoveu foi a morte do Cabide.

Agora, pensamentos completamente tomados pela ex-mulher, quase não acredita quando, por fim, a voz que o emociona atende o telefone:

— Hermione! Minha idolatrada!

— Você não está velho demais para continuar com essas besteiras?

— Jamais ficarei velho demais, minha santa. Jamais deixarei de idolatrá-la. Jamais deixarei de querer ouvir sua voz. Minha maior saudade, quero lhe dizer, é você. Daria boa parte de minha fortuna para ouvi-la cantar outra vez. Pensa em como seria algo extraordinariamente comovente se você deixasse meu jatinho ir buscá-la e vir cantar para mim!

— Por favor, Luiz Genésio, estou completamente exausta de você. De uma vez por todas, eu lhe peço, me deixa em paz.

E lá fica ele com o clique do telefone sendo desligado, mudo em sua mão, junto com a certeza de que ela acreditou que ele matara aquela puta e de que não seria nada fácil convencê-la do contrário dessa vez.

24

Hermione quis saber o que acontecera a Bento Nestor da Mata, o menino do facão que chegara enlouquecido a sua porta, disposto a matar Luiz Genésio. Muito jovem, mas já encorpado pelo trabalho no pequeno sítio do pai. Expulso da terra e do trabalho, como tantos outros milhões.

Entrou na vida de Hermione nessa noite em que a campainha da mansão onde ainda morava soou tão forte e prolongada que a sobressaltou na sala. Capoano também escutara no que chamava de seu escritório. Por um impulso, Hermione levantou-se e caminhou em direção à porta. Não havia escutado o interfone do porteiro avisando quem era. Viu o rapazinho e abriu. Mal viu o facão em sua mão antes que Capoano a puxasse e Cabide o imobilizasse por trás. Tudo ao mesmo tempo e em fração de segundos, disso Hermione teve certeza, enquanto via passar por sua cabeça a surpresa, Que mocinho ingênuo! Sozinho no quartel de Luiz Genésio!

Logo cedo, na manhã seguinte, ela chamou Cabide para perguntar sobre o menino. Esperava que nada de pior tivesse acontecido. Apesar de pau-mandado, Cabide tinha bom coração, ela sabia, e deixara o rapaz perto do barraco onde ele morava.

— Era só um maluquete, dona Hermione. Não era do crime, era da dor, tremia todo, a senhora precisava de ver. Uma vara verde no vento. A polícia ia ser castigo demasiado prum crime que não aconteceu, então não entreguei. A senhora sabe que fui órfão. Órfão aprende muito, dona Hermione. Conhece as pessoas por dentro. Daí por que dá pra adivinhar um pouco os destinos, e destino, cada um tem o seu. O meu é de ser segurança. O desse menino não é o do crime. Então fiz o que sempre faço com um jovem desses que meu caminho encontra. Dei meus bons conselhos, e boas ameaças. Ele não vai tentar mais nada, não, a senhora pode ficar tranquila. Ele tentou se vingar do patrão porque ainda tá no luto das suas mortes. Mas não é de matar. Não tem cabeça pra isso. Coração de matar até que pode ter, mas coração só não serve. Expliquei isso pro patrão. Ele ficou bravo e já ia me esculhambar e dar suas ordens, quem sabe me demitir, mas daí parou. Me olhou daquele jeito que a senhora sabe, e foi justo quando a senhora apareceu ali na porta, e eu acho que ele pensou de novo. O que seria bom é se ele entendesse que, da primeira vez, a gente tem que ser manso com a rapaziada. Ainda mais quando um jovem tá triste assim. A família dele foi expulsa daquela terra onde o patrão tá erguendo a fábrica de fertilizantes, tavam lá faz é muito tempo, o menino nasceu no lugar. Daí que a dor dele é tão demasiada, é o que penso. Dor de luto de perder tudo. Daqui a pouco vai entender que tem que se conformar com o que a vida lhe apresenta. O que eu fiz foi dar uma mãozinha pra essa esperança no destino dele. A vida é grande. A consciência da gente vai e vem. O menino se endireita. Só não sei se o patrão entendeu.

— Vai ter que entender. Deixa que falo com ele. À tarde, quero conhecer melhor esse menino. Você me leva no barraco. Às 14h30, por favor.

Hermione não conseguiu falar com Bento naquele dia. Não estava no barraco. Cabide voltou à noite para saber os horários do rapaz, mas só depois de duas ou três tentativas conseguiu encontrá-lo e marcar o encontro com Dona Hermione Girardini Capoano — o segurança fez questão de explicar bem quem ela era, junto com algumas ameaças, caso o maluquete resolvesse tentar amalucar outra vez. Ele iria buscá-lo a tal e tal hora para levá-lo ao encontro, que aconteceu em um restaurante vazio, às 9 horas da manhã, a pedido de Hermione — ao que atendeu depois de praticamente tirar a cueca do rapaz para ver se portava alguma coisa além de sua total ignorância a respeito do que teria a conversar com a dona. Nunca que ele pensou em matá-la. Ela não tinha culpa. Só o marido.

Mas o que Hermione queria com ele?

Sondá-lo, alertá-lo sobre a impossibilidade de alcançar Capoano em sua própria casa, de onde tivera a sorte de não sair morto. De fato, era um menino. Teria que aprender muito antes de poder sequer imaginar chegar perto do culpado de destruir sua vida.

— Não pense nisso agora, rapaz. Trabalhe, cresça, fortaleça esse corpo e essa cabeça, e abandone o facão.

Ela lhe conseguiria um emprego — pensou em uma obra. Conviver com os trabalhadores diversificados de uma construção ensina bastante sobre a vida.

Ele entrou mudo naquela conversa e mudo saiu.

Não quis emprego nenhum. E Cabide nunca mais o encontrou. Nem sequer o reconheceu, anos depois, quando Bento, já um rapaz forte, se viu forçado a lhe enfiar a faca destinada a Capoano.

25

Chuvinha fraca na manhã de sábado, e a campainha interrompe a conversa. Lino já está se despedindo, e Julia pensa que poderia passar o dia fazendo um trabalho estafante, de preferência um trabalho físico, como a faxina da casa, a limpeza de armários, a sempre adiada arrumação da estante, a parte do mundo que está em seu poder deixar limpa, para então chegar à noite totalmente cansada, sensação quase dolorosa pelo corpo, e ter o conforto simples e sem preço de poder deitar na cama e pensar que no dia seguinte, domingo, poderia ficar na cama até bem tarde, sem nenhum compromisso, sem pressa, um dia todo se estendendo à sua frente, vazio. A não ser por Lino.

Mas não é isso que iria acontecer.

A campainha berra, e ela reconhece o toque nervoso de Ernesto. Claro, é ele quem chega com a cara de fúria que ultimamente tem sido a dele, carregado de jornais e revistas.

— Vocês estão percebendo a jogada desse escroto? Leram as notícias de hoje?

Sim, eles tinham lido e visto os blogs em que Getulio Lombardi aparece como operador agindo por conta própria, às costas de Capoano. Fora preso na noite anterior.

— Chega, chega! Capoano nunca vai ser preso. Vou ter que resolver do meu jeito — explode Ernesto.

— Quer ir para a cadeia no lugar dele? — pergunta Julia, a serenidade em pessoa. Prometeu a si mesma não discutir mais, tentar aceitar Ernesto como ele é, entender seu luto.

Ele se esborracha na cadeira e, para espanto dela e de Lino, começa a soluçar. Não demora a se controlar, pede desculpas, levanta-se, diz que precisa caminhar um pouco pela cidade e se despede abrupto, em estado lamentável.

Julia quer ir atrás, mas Lino a retém.

— Não vá. Deixe que ele chore o quanto for necessário sem se constranger com nossa presença. É do que precisa. — Faz uma curta pausa. — Pense comigo: isso vem dar mais força ao que venho lhe dizendo. Ernesto parece estar compreendendo. É hora de abandonar tudo isso, Ju. As forças desse cara vão muito além das de vocês. Desista dessa vingança.

Julia não gosta do que ouve.

— Se acha que é vingança, ainda não entendeu nada, Lino. É justiça.

— Mesmo assim. Você não é responsável pela justiça no mundo.

— Alguém tem que ser.

— Alguém da área. Preparado. Você não está. Capoano quase conseguiu te manipular, Julia.

— "Quase" é o que importa nessa frase.

— Mas não vê que isso está acabando com a gente?

Na raiva, ela quase diz "Que seja", mas se contém a tempo.

Não sabe por que ficou tão furiosa assim. Sente que está descontando sua frustração e seu desespero em Lino, está difícil controlar. Mais tarde, vai se arrepender, mas agora é como se tivesse destrancado uma porta que vinha sendo pressionada por uma carga pesada atrás, e é esse peso carregado da impotência que vem à tona, invadindo cada canto de seu corpo mais preparado para tratar como ameaça o que vem de fora, não o que vem de dentro.

O que lhe resta de controle consegue fazê-la ficar muda. Se abrir a boca, o inferno sairá por ela.

O silêncio dura até Lino se levantar, inusitadamente lento, parecendo, por fim, tomar uma decisão muito pensada:

— Quantas vezes já discutimos isso, Ju. Pensei que você tivesse mudado pelo menos um pouco, mas vejo que é o contrário. Estou compreendendo que não adianta. Nisso Ernesto talvez esteja certo, você se casou com sua profissão. Só com muita sorte vai conseguir levar Capoano pra cadeia.

— Em tudo na vida é preciso sorte, você ainda não entendeu isso também? — Sua voz sai tão desgovernada que ela se assusta e se retrai.

Lino abre a porta. Olha para ela mais uma vez, como se desse um tempo; ama aquela mulher, mas não suporta a situação. Ontem haviam discutido mais uma vez sobre isso, e ele está cansado.

— Tchau — diz.

Julia entende que não é um simples tchau. Mas, quer saber? Melhor assim. Se ele pudesse esperar passar tudo isso... Mas agora não dá para se preocupar com ele. Ela está em guerra, em pânico, e não quer carinhos, nem trepadas, nem declarações de amor. Quer ajuda em sua investigação, e só. Se ele não pode entendê-la, que desapareça.

Sente-se fechar em copas. Já passou por situações parecidas, e talvez por isso ainda não tenha se unido de fato a ninguém. Não importa. Não vai pensar nisso agora. Nem em Lino.

Desiste de seus planos de ficar em casa. Já que todos acham que a vida dela é o trabalho, então é isso que ela vai fazer: trabalhar.

Ao sair, a chuva parou, um solzinho tímido começa a alegrar a manhã. Julia toma um caminho diferente, ainda um pouco sem rumo; acaba indo em direção à casa de Lilian e fica aliviada ao ver o carro de Ernesto na garagem. Mas não desce. Volta, quase para na Ermida, mas também não. Atravessa a Ponte JK e, outra vez sem rumo, acaba passando pela Esplanada dos Ministérios. Ao se aproximar do Congresso, é preciso parar. Jovens em passeata passam por ela erguendo faixas contra o governo. O Congresso certamente está vazio em um sábado, mas o que eles querem é transformar a Esplanada em uma vasta praça popular. Pedem um basta, pedem explicações, pedem punição. A polícia militar os acompanha, armada e com seus aterrorizantes escudos de proteção, como se fossem eles, os da polícia, quem estivessem em perigo, e não os jovens desarmados, leves e animados. Ela os vê passar, ouve suas palavras de ordem, e quando um deles se aproxima com um monte de panfletos na mão, ela abre a janela para um belo rosto moreno alegremente indagador, um rosto de quem está seguro de si, de quem é capaz de fazer o que acredita que precisa ser feito, e é esse rosto que a chama de tia e lhe entrega um panfleto.

"Tia". Ela detesta quando os muito jovens a chamam assim, mas dessa vez aceita. Como se fosse o reconhecimento de que não só está do lado deles, não só é alguém que os apoia, como também faz parte da família deles, parente mais velha, uma parente em quem eles podem confiar. E então é que de fato percebe que venceu sua vacilação. Não seria capaz de encarar a si mesma se não fizesse o que esperam dela, e como o jovem, o sobrinho de rosto confiante, ela também se sente segura de si mesma e capaz de fazer o que acredita que deve ser feito.

Que Lino se foda!

No pequeno escritório, conversa com o editor, outro *workaholic*. Não fará mais uma série, o que iria arrastar a tensão e os riscos por muito tempo, mas uma única e grande reportagem, assim que estiver com todo o material checado e confirmado, sem possibilidade de erros. Já sabe qual é seu próximo passo: voltar a conversar com Hermione Girardini. Sua intuição de jornalista lhe diz que a ex-mulher de Genésio Capoano tem coisas importantes a revelar. Precisa tentar outra vez convencê-la; não abandonará essa fonte. Teve uma entrada boa com ela, foi bem recebida da outra vez, conseguirá conversar novamente e, quem sabe, terá mais sorte. Sorte, sorte, é disso que todo mundo precisa, como disse ao descrente do Lino. Dona Hermione tem informações, talvez documentos importantes, foi esposa de Genésio Capoano por vinte anos. É preciso ter uma conversa mais longa com ela, é preciso convencê-la de que este é o momento de colocar seu ex-marido na cadeia. Se ele conseguir se safar desta vez, onde há o flagrante da morte de Lilian, também Dona Hermione perderá sua chance de fazer a justiça que há tanto tempo procura.

26

Os dias de Julia têm sido totalmente preenchidos com a busca de material sobre Capoano, e as noites, com suas lembranças de Lilian e seu luto.

Houve um momento em que as duas deixaram de passar as férias com a avó. Julia passou a viajar mais com os pais para outros cantos, e Lilian disse que não pisaria mais na cidade natal depois de uma noite de festa na praça, final da novena não se lembra de qual santo, devia ser São João. Elas adoravam essas festas que a paróquia organizava, com barraquinhas, leilões de frango, de leitões e outros animais e produtos doados pelos paroquianos em três dias de festa, quadrilhas e músicas juninas. Julia se lembra com detalhes dessa noite, tão divertida como sempre. Lilian saiu com um conhecido que lhe pediu para ir com ele buscar um prato de doces para a barraquinha a cargo da mãe. Julia só voltou a encontrá-la mais tarde, furiosa, furiosa, no quarto, furiosa e sem conseguir dormir. Contou que o rapaz, com a mentira de pegar o prato de doces na despensa da casa, agarrou-a por trás, tentando tirar seu vestido e a calcinha, passando a língua em sua nuca, que nojo, que ódio! Arremessando chutes e unhadas por todo lado, ela conseguiu escapar. "Mas que vergonha, Julia! Que nojo! Que ódio!" Voltou direto para a casa da vó e tomou um banho àquela hora da noite, horas debaixo da água fria! Passou o dia seguinte sem querer sair nem para a festa da praça, matutando. "Vou destruir esse tarado. Você vai ver, Julia." E na terceira noite: "Vai ser hoje, Juju. Você vai ver o que vou fazer." Outra vez a Lili de sempre, animada, indo de barraquinha em barraquinha, dançando quadrilha, até ver o rapaz chegar, quando, então, foi até o palco, subiu no estrado, pediu por favor o microfone da banda por um instante e, com voz bem calma e ponderada, contou o que havia acontecido, dizendo o nome bem claro do rapaz. "Agora todos vocês sabem quem é o tarado da cidade." O silêncio caiu sobre a festa, e logo um burburinho que não parou mais. A partir daí, Lili jurou que nunca mais poria o pé na cidade. Julia não tem certeza, mas acha que ela cumpriu a palavra, determinada como era. Respondia ao fogo com fogo. Embora terna e doce, sua fama de fazer coisas assim, fortes e inesperadas, crescia com ela.

Por que dessa vez... Por que dessa vez você não conseguiu se desvencilhar do seu assassino, Lili?

27

No voo para Curitiba, recapitulando o que sabe sobre Capoano, Julia se dá conta de que ouvira falar dele muito, muito tempo atrás. Talvez uns cinco anos atrás, quando uma das revistas semanais fez uma matéria de capa com ele.

No fundo, a montagem da capa estampava algumas obras de sua empreiteira, e outra, maior, mostrava seu rosto, estranho, ainda que bonito. Alguma coisa, talvez as sobrancelhas quase inexistentes ou a boca desmedida, quebrava seu esforço de parecer um cavalheiro e transmitia um desequilíbrio que, sem motivo naquele momento, a inquietou.

Estevão e alguns amigos tinham ido almoçar em seu apartamento, devia ser domingo ou feriado. Comentaram a matéria porque Estevão disse, ao ver a capa da revista:

— Este faz parte dos homens mais ricos do Brasil. E, com certeza, um dos maiores crápulas.

Seu irmão havia perdido o brilho do riso fascinado e fascinante dos primeiros anos em que se colocava como militante do cinismo. Agora, ao contar casos como o de Genésio Capoano, sua boca se abria no que era mais um sorriso sem viço que não escondia certo desalento e esforço em continuar rindo do que via. Os olhos já não dardejavam desafios e o sorriso sedutor do garoto atrevido provando que podia ser melhor do que o mundo.

— Com essa boca desequilibrada, ele me faz lembrar uma pobre vítima de um amor infeliz. — Deve ter sido Amelinha a dizer isso, romântica e ingênua como era.

— Esse nada tem de vítima — seguiu Estevão. — Não conheço quem fale bem desse cara. Suas negociatas são lendárias. Está sempre elegante, terno impecável, quem o vê pensa que se trata de um gentleman.

— Eu o vi nas Ilhas Cayman, uma vez, anos atrás — disse um amigo de Julia, também jornalista investigativo, o mesmo que lhe dera várias dicas quando ela começou. — Devido a problemas técnicos, nosso avião desceu na pequena ilha do Caribe, e pernoitamos. A empresa de aviação nos levou para um dos melhores hotéis de Georgetown. Não deve ter tido alternativa. Desci para tomar um drinque, e foi quando o vi entrar. Reconheci-o pelas fotos. Eu sabia como funcionava o esquema das ilhas. Através de um advogado em Nova York, digamos, qualquer pessoa pode abrir uma empresa em Cayman. As empresas não precisam sequer ter dono conhecido: seus títulos podem ser todos ao portador. Para criá-la, é necessário apenas um estatuto que só o advogado representante da empresa em Georgetown precisa assinar. Com esse estatuto, é possível abrir uma conta no Banco Cayman em Nova York. Os depósitos também podem ser feitos em Nova York onde o banco tem, para efeitos fiscais, um departamento considerado setor da matriz e, portanto, isento de impostos americanos. Os depósitos são feitos ali como se estivessem sendo feitos na matriz do banco sob o sol do Caribe. Portanto, não seria preciso Genésio Capoano pisar nas ilhas para fazer suas transferências financeiras. Mas imagino que, obsessivo e curioso como quase todo bem-sucedido homem de negócios, deve ter sentido a necessidade, uma coceirinha curiosa, divertida, de conhecer a sede de uma de suas várias empresas. No mundo fictício e abstrato do capital, homens que enriqueceram lidando com coisas concretas como ele às vezes sentem esse desejo de ver, se for possível, tocar as evanescências financeiras. Como homem de obras, acostumado com a solidez da engenharia, provavelmente deve ter se sentido por um milésimo de segundo como quem perde o pé ao entrar na sala de espera do escritório do advogado que representava sua empresa nas ilhas. Centenas de plaquinhas nas paredes indicam as empresas que um advogado desses representa; seu pequeno escritório é, ficticiamente, a sede de inúmeras outras empresas fictícias, cuja única finalidade é a movimentação de contas bancárias isentas de impostos, a não ser os que se paga ao governo das ilhas e que são irrisórios. Imagino que Capoano deve ter rido alto. Seu representante deve ter rido também, procurando acompanhá-lo, acostumado como está a tratar muito bem as incompreensíveis idiossincrasias de seus clientes. Genésio Capoano deve ter saído leve daquela conversa, como se a abstração daquele escritório o tivesse contagiado, levando-o a levitar como sua fortuna, a sentir-se um mago, definitivamente um entre os poderosos da terra. Seu bom humor evidente foi devidamente notado pelo garçom que se dirigiu ao interfone. Minutos depois, uma exuberante morena sentou-se à mesa a sua frente. Terminei meu uísque e fui jantar sabendo que um dia gostaria de contar essa história para alguém.

Depois dos comentários divertidos que o relato provocou, Julia perguntou ao irmão:

— E você, Estevão, de onde conhece a figura?

— Pessoalmente, não conheço. Mas sei que esse cara extrapola os limites. As pessoas contam que ele só respeita a primeira esposa, a milionária com quem se casou, e logo se apoderou da fortuna do sogro. Dizem que, perto dela, ele perde a agressividade. Estão divorciados há tempos, mas quando ela telefona, ele interrompe o que estiver fazendo para atendê-la. Nunca se encontram; ela se recusa a vê-lo. Pode ser o minguado lado humano desse cara, que, ao fazer a barba de manhã na frente do espelho, deve se julgar um pequeno deus. É desses que vive dizendo que seu vício é ganhar mais dinheiro.

— Uma encarnação do capital. Saiam de perto! — E Julia meio que imita um grito.

Mas Lilian não saiu. E agora Julia também parecia não poder sair.

No aeroporto, Julia pega o táxi direto para a casa de Hermione Girardini. Quem a recebe é a governanta e, para a surpresa de Julia, não a leva para a sala, e sim até um quarto onde Hermione encontra-se acamada. A palidez do rosto, os lábios crestados, toda a sua figura indica gravidade. Julia sente-se desmoronar, está tudo perdido. Não poderá ter a conversa que precisava ter.

— Dona Hermione, me desculpe! Eu não sabia que estava doente. Não quero incomodar.

Hermione faz um leve gesto de "chega mais perto".

— Quando você veio aqui, filha, eu sabia que meu fim estava próximo. Não fique chocada. — Tenta sorrir. — Agora pelo menos ficarei livre do Luiz Genésio.

Julia aproxima-se e segura as mãos da fragilizada senhora no leito que nada tem daquela outra que a recebeu há tão pouco tempo. Pele macilenta, mãos que expõem vulneráveis suas manchas de velha, cabelo ralo e branco, rosto descolorido onde os olhos são únicos a mostrar a vida que ainda permanece no corpo já tão sem carne, e a voz, a bela voz, uma voz ainda com alguma firmeza, que lhe diz:

— Sabe que foi bom você ter vindo? Pesquisei um pouco sobre você. Gostei. Sinto que você saberá o que fazer com isso. Meu plano era passar o que tenho para meu advogado, mas agora sei que é a você que devo entregar. Hildes, por favor, traga as pastas do cofre.

Faz um gesto para a governanta entregá-las a Julia, três grossas pastas de papelão marrom, dessas de escritório, já velhas, com sinais de muito manuseio. A frágil mão de Hermione aperta a de Julia ao dizer:

— Aí está, filha, o fruto de uma vida envenenada. Não me orgulho disso. Quis com desespero me livrar dessa obsessão, mas não consegui. Luiz Genésio destruiu meu pai, destruiu minha mãe, e a mim mesma eu deixei que ele continuasse destruindo. — Longa pausa. — Foi como se ele tivesse se pregado em mim. Que ironia! Percebi isso tarde demais.

Os olhos parecem fogo, mas sua voz está calma ao continuar:

— Poderia ter me casado de novo, ter tido filhos — pequena pausa —, talvez uma bela profissão, como você, mas me deixei consumir por algo que acabou não valendo a pena, nunca valeu. — Outra pequena pausa. — O ódio fez de mim o que me tornei, uma rocha de vingança. Minha metáfora perfeita. — Uma pausa maior. — Uma rocha não se move, e o medo nunca me deixou mover o suficiente para conseguir. — Outra pausa. — Não há mais medo agora. Só um cansaço infinito, minha filha. Infinito.

Dona Hermione fecha os olhos, mas sua mão continua segurando firme a de Julia. Suas pálpebras bordadas de rosa tremem um pouco, até que ela as abre novamente e continua:

— Tem provas suficientes nessas pastas para alguém colocá-lo na cadeia. — Pausa. — Se você não puder levar em frente, como disse que levaria — Outra pausa. —, entregue a alguém que possa. E agora vá, por favor, minha filha. — Vira o rosto para o outro lado. — Estou muito cansada.

A palidez era o que mais desconsolava Julia. Um tom de cera, ausência de sangue e vida que parecia já ter se instalado ali.

Julia quis beijar sua testa, mas achou que não devia, que seria invasão de sua intimidade. Embora mal a conhecesse, sentia tristeza e agora também gratidão por aquela mulher solitária, aquela rocha, como ela se autodefinia. Abaixou-se e, depois de sussurrar "Muito obrigada" a seu ouvido, em um impulso, venceu a hesitação, dando-lhe um suave beijo de despedida na testa, muito suave, o mais suave possível, como ela desejaria.

A voz agora, quase adormecida, sussurra:

— A moça... despedaçada... a que ele empurrou da janela...

Tomada pela surpresa, Julia cola seu ouvido na boca murcha de Hermione.

— Sim?

Mas Hermione não continua o que começara a dizer. Fecha os olhos. Parece dormir.

A governanta praticamente arrasta Julia dali. Leva-a até a porta. O motorista já a postos.

Ao se despedir e agradecer, Julia pergunta se o médico lhe dera alguma esperança e ouve a resposta lacônica: nenhuma.

28

Nas pastas volumosas de Dona Hermione Girardini há de tudo. Cartas, anotações do pai de Hermione, gravações antigas e documentos, muitos documentos que efetivamente são provas ou graves indícios de muita coisa. As datas correspondem a diversos momentos dos vinte anos que passaram juntos, e há documentos e planilhas também dos anos em que já estavam separados. Nas últimas gravações de telefonemas entre Hermione e Capoano, ela o levou a confessar muita coisa. Como aranha, teceu as redes, onde ele foi se enredando. Soube exercer, embora já divorciada, seu papel de ponto fraco, de brecha na couraça do poder do homem que a destruiu.

De certa forma, agiu como notária. Tinha pistas de todos os contratos, todas as manobras do ex-marido. Ele se gabava e, depois das conversas, se documentava.

Alguns documentos são comprobatórios — certidões, cópias de contratos registrados mostrando com clareza a trilha das manobras, extratos de contas no exterior, recibos de pagamentos a políticos e autoridades, planilhas de suas empresas com anotações comprometedoras. Testas de ferro — Lombardi como presença frequente, mas não única. A própria Hermione, nos primeiros anos, assinou papéis. Guardou cópias, motivada talvez pela inconsciente percepção de que o marido era um escroque e quisesse se resguardar. Talvez hábito daquelas famílias que mantêm um livro-caixa dos haveres e débitos. O fato é que tudo era documentado. Rastreavelmente documentado.

Hermione Girardini fora incansável. Há trechos de gravações entre Luiz Genésio Capoano e parceiros, entre ele e políticos, e entre ele e a ex-esposa. Muitos merecerão uma pesquisa rigorosa para ver a que de fato correspondem. Outros servirão para montar o quebra-cabeça de sua atuação praticamente desde o começo.

Papéis como estes:

Fragmentos de anotações de Josué Girardini,

pai de Hermione Girardini

(feitas em várias datas no decorrer dos anos):

"Quantas vezes afirmei convictamente a Hermione que ela não deveria desposar Luiz Genésio Capoano. Extremamente penoso e sem serventia dizer isso a uma mulher voluntariosa e rebelde como minha filha. Frente a ela, fraquejei. Esforcei-me para supor que meu genro poderia se emendar. Enganei-me. Embora jamais tenha me enganado quanto a seu mau caráter, quanto a sua extensão enganei-me. Nesses anos, que não são tantos assim, Luiz Genésio desenvolveu sua inteligência maquiavélica para espoliar seus semelhantes. Não me perdoo por isso. Não soube defender minha família, não soube defender minha filha, não soube defender a mim mesmo. Tenho que viver com essa culpa sem atenuantes e esse insuportável remorso que recaiu sobre minha pessoa. Se não fosse fraco como com desdouro me vejo obrigado a admitir que sou, se não fosse minha reles covardia, e se não fosse minha fé de que em outro mundo não o encontrarei, eu poderia tê-lo denunciado em algum momento. Fraquejei. Mereço o desprezo e a malignidade que ele tem para comigo, todavia, não com minha adorada Hermione. Pobre filhinha minha! Que terrível crime cometi contra você!"

"Hermione perguntou-me o que exatamente Luiz Genésio fez com nossa empresa. Fui obrigado a lhe mostrar os documentos. Não queria fazê-lo, absolutamente, mas ela não deu trégua, insistiu e insistiu, e jamais pude vencer tal insistência de minha filha. Determinada e insistente, como desde seu nascimento e seus primeiros choros. Foi-me sempre impossível recusar-lhe alguma coisa. E ela, capacitada e por demais inteligente, mesmo leiga, entendeu como seu ex-marido desviou meus recursos e clientes, transferindo-os para uma empresa recém-criada por ele, tendo como um único proprietário ele mesmo. Absoluto desrespeito para comigo por ter certeza de que eu não reagiria. 'Mas por que, pai?', Hermione me perguntou. 'Por que o senhor não reagiu? Não o denunciou? Não mandou prendê-lo?' Por ela, eu quis lhe dizer, mas não disse. Para lhe poupar o opróbrio de ver o marido na prisão e o escândalo que recairia sobre todos nós. 'O que é possível fazer agora, pai? Nada?' Qualquer ação que pudéssemos tomar mancharia nosso nome, filha, provocaria um escândalo, sua mãe não resistiria. De mais a mais, é-nos imperioso considerar que agora ele conquistou um círculo de amigos e conhecidos. Qualquer ação contra ele provavelmente seria julgada improcedente. O momento passou. Sem possibilidade de retorno. Minha vida passou, filha minha. Não tenho condições de me envolver nisso nos meus últimos anos. Sua mãe merece tranquilidade. O que nós temos é o bastante para nos garantir uma vida com muito conforto. Não se preocupe quanto a sua herança. Meus melhores advogados estão empenhados nisso. Seu divórcio legal, conforme já falamos, tornaria menos complexa essa empreitada, garantindo sua não divisão. Seria prudente decidirmos em boa hora esse assunto espinhoso. É imperioso que nada do que nos restou seja, por lei, compartilhado com ele. 'Não é pela herança que me preocupo, pai', ela respondeu. E conhecendo minha filha, estremeço."

"Temo que Hermione um dia me culpe pelo seu casamento. Por mais que eu a tenha alertado, a avisado, lhe pedido para pensar melhor, para seguir viagem para algum país que ela desejasse conhecer, que se afastasse dele, que abrisse os olhos, lamentavelmente, não fui capaz de levar até o fim meu dever, exercer minha autoridade de pai sobre uma filha. Abdiquei. Hermione era tão nova! Como poderia saber o que eu sim, poderia, e sabia? Tentei como pude evitar o malfadado casamento que profetizava como destinado ao fracasso completo. Maria da Gloria, doce Glorinha, deu-me seu apoio como em toda a nossa vida, mas sofria com o que pressentia como abalo devastador para nossa Hermione, e embora nunca me pedisse, nunca levantasse a voz para dizer que eu deveria reconsiderar, não conseguiu, minha querida esposa, tão serena, não conseguiu fingir que, como mãe, não se deixara contaminar pelo pranto da filha. E cedi. Cedi sabendo que não deveria ceder. Hermione tem todo o direito de me culpar. No entanto, não faz isso. O que vejo nela, dia a dia, é uma transformação tremenda, e isso eu não previ. Conversamos muito agora. Sempre lhe digo que desista, que se separe desse que não tenho outro nome para chamar, muito mais que ladrão, de homem sem moral, sem ética, um sem-vergonha, um degenerado, um poltrão. Que ela refaça sua vida, que tome outro caminho. Mas Hermione afirma que não o deixará passar impune. E eu lhe peço, lhe imploro que abandone esse desejo de vingança. E ela diz não. Outra vez, irredutível. E outra vez vejo sua infelicidade e amargura corromper a mãe. E outra vez há um pranto escorrendo das paredes dessa casa. E outra vez me culpo, e vejo o quanto errei."

Trechos de conversas telefônicas entre Luiz Genésio Capoano e Getulio Lombardi, também gravadas no decorrer dos vários anos nos quais perdurou a fachada do casamento:

"— Diga, Lombardi.

— Derrubamos o cara.

— Ótimo.

— Foi difícil, o espertinho tem nariz empinado, queria mais.

— Você passou do teto?

— Não, chefe. Ficamos abaixo. (Risadinhas)

— Babacão, ele. Dá gosto deixá-lo de crina baixa. (Gargalhadas) Bom trabalho. Até mais."

"— Lombardi?

— Pronto, chefe.

— O que está acontecendo?

— Não vai dar em nada, não se preocupe.

— Olhe lá, hein?! Não pode vazar nada para a imprensa nem muito menos você sabe pra quem. Vocês deram mesmo um jeito no cara?

— Sim, chefe. Não vai vazar.

— Você já falou com nosso amigo do jornal?

— Falei, chefe. Ele está amarrando as coisas.

— Continue cuidando disso."

"— O terreno ainda não está disponível, Lombardi? Até agora você não conseguiu dobrar aquele puto?

— Tô trabalhando nisso, não se preocupe.

— Como não me preocupar? O prazo era pra ontem.

— Hoje ele assina o contrato, pode contar com isso.

— Você fez do jeitinho que combinamos?

— Exatamente. Agora são favas contadas."

"— O sujeito pagou, Lombardi?

— Ainda não.

— O prazo vence hoje?

— Sim, hoje.

— Nem um minuto a mais, hein?

— Sim, sim. Estou ciente."

"— Diga, Lombardi.

— Deu tudo certo.

— Ótimo.

— Só um porém.

— Não, Lombardi. Sem poréns."

Trechos de conversas telefônicas entre Luiz Genésio Capoano e parceiros, também de várias datas (Hermione mandou grampear o telefone do escritório de Capoano por vários anos, depois também seu celular, mas há poucas gravações de celulares).

"— Doutor! Que prazer ouvi-lo! Recebeu nosso presente?

— Sim.

— Tá tudo a seu contento?

— Poderia ter sido melhor.

— Com sua ajuda, o próximo vai ser, pode ter certeza.

— É o que espero.

— Gostou do nosso clubezinho?

— (Risadas) Você sabe das coisas, hein? (Incompreensível)

— Gosto de tratar bem meus amigos.

— Fui mesmo bem tratado. (Risadas) Sua equipe é de primeira.

— Faço o que posso! Agora aguardemos o próximo mês. Você já sabe: mão na pissirica e pé na jambalaia!

(Risadas)"

"— Fala, Ronaldo.

— Tudo acertado.

— Sujeito durão, hein?

— Mas amoleceu direitinho.

— (Risadas) Cretino.

— Com jeitinho, todos entram.

(Risadas)

— Esse não vai dar mais trabalho não.

— De pau duro mesmo, ainda não achei um!

(Mais risadas — incompreensível)"

"— Alô, Capoano? Você está sabendo que o nosso problema não terminou, não é?

— Calma, querido. É tudo questão de tempo.

— Mas você não vai dar um cala-boca nesse malandro?

— No momento certo, meu amigo. No momento certo.

— E se ele fizer um estrago ainda maior? O cretino sabe de muita coisa, e delação é como vômito, quando começa só para quando vomita a alma e a merda que vem junto.

— Calma, calma. Pode deixar que esse é assunto meu e vai ser resolvido. Só fique calmo e me dê um tempo para que tudo volte ao normal. Você não ia viajar com a Cleuza? Ouvi dizer que ela estava se gabando de conhecer a Grécia.

— É verdade. Ela vai conhecer a Grécia e eu vou conhecer melhor os píncaros de seus seios e os remelexos daquela bunda. Que bunda, cara! Que bunda!

— (Risadas) Divirta-se, sócio."

"— Hélio? Damásio ainda está na Europa?

— Chega amanhã.

— Quando ele chegar, me avise imediatamente, o assunto é urgente. Alguém abriu coisas. Temos que descobrir de onde está vindo o vazamento.

— Pode deixar, chefe. Já estou cuidando disso."

"— Fala, Daniel. Sou eu, Capoano.

— Você já decidiu quanto à participação da empreiteira?

— Estou tendendo a achar que esse negócio não me interessa. É um ramo em que não atuo há tempos.

— Mas volte a atuar. É um ótimo negócio. Tá na mão.

— Me dá mais tempo. Vou conversar com meu pessoal e te ligo daqui a... põe aí, dois dias.

— Está bem. Mas não deixe passar disso, combinado? Tem muita gente de olho na vaga.

(Incompreensível)"

Trechos de conversas telefônicas entre Luiz Genésio Capoano e Hermione Girardini, também no decorrer de vários anos. A voz aveludada de Hermione, com frieza e autocontrole, vai encaminhando a voz melosa de Capoano ao ponto exato que ela pretende, e quando não consegue, desliga.

"— Há tempos você não liga, Luiz Genésio. Já estava escolhendo um vestido bem alegre para seu enterro.

— Saudades de mim, idolatrada?

— De seus crimes? Não, fico muito bem sem eles.

(Risadas de Capoano)"

"— Hoje estava pensando no meu pai, Luiz Genésio. Sabe que até hoje me intriga como foi exatamente que você o matou!

— Já lhe disse que sou inocente. Não foi preciso matar seu velho. Ele mesmo se encarregou disso, você sabe. A um frouxo do naipe dele só restava morrer de enfarte. Não tinha os culhões de meu pai.

(Silêncio)

— Santinha, Santinha, você fica me provocando e depois se magoa. Não quero te magoar.

— Não quer?

— Se eu quisesse, você iria saber o que é magoar de fato.

— E eu não sei?

— Você não sabe de nada, Hermione. Você só sabe que está entronada em meu humilde coração.

— Bandido.

— Hermione, assim você sabe que me faz sofrer."

"— Luiz Genésio?

— Idolatrada! Que bom ouvir sua voz. Se soubesse o quanto ela me faz bem, me telefonaria todo dia e cantaria para mim.

— Qual foi o crime de sua agenda hoje?

— Santinha, você se embriaga e vem descontar em mim?

— Fiquei pensando outro dia... Por que você sempre diz que me poupou? Me poupou de quê?

— Dos meus crimes. (Risadas) Não é você quem diz que tenho uma agenda de crimes? (Risadas)"

"— Luiz Genésio?

— Outro telefonema seu este mês? Tá se sentindo solitária, minha adorada?

— Seu escândalo do momento está nos jornais. Será que você vai conseguir escapar outra vez?

— Santinha, você ainda não aprendeu que um homem como eu jamais será pego? (Risadas)

— Vejo que você está de bom humor. Como é que consegue?

— Meu bom humor?

— Não, escapar sempre.

— Está querendo aprender? Será que o tempo está mudando a herança de bom comportamento herdada de seu velho do século passado?

— Essa venda de hoje da área envenenada pela poluição de sua própria fábrica me intrigou. É a área do pai daquele jovem, não é?

— Que jovem?

— Aquele que veio aqui te matar.

— Você não consegue esquecer aquele maluco?

— A fábrica foi fechada, mas, pelo que dizem os jornais, você conseguiu vender o terreno a um preço supercompensador. Como conseguiu?

— (Risadas) Segredinhos do ofício, minha santa. Você, por fim, está começando a me admirar?

— Para isso, eu teria que saber como você consegue. Como são suas operações.

— Mas tudo é tão simples e antigo. Tá lá na oração de São Francisco: 'É dando que se recebe'. É o que todo mundo sabe, diz e faz. (Risadas) Se você quiser que eu lhe explique os detalhes, posso passar por aí, mas com direito a uma trepada dos velhos tempos, combinado? Como na oração de São Francisco, entendeu? (Risadas)"

Essas gravações e suas transcrições eram o tempero da substância sistematicamente documentada por Hermione, guardadas como um tesouro em suas pastas.

29

Examinando tudo aquilo, Julia e Ernesto não sabem até que ponto e exatamente o que no meio dessa história de várias vidas servirá como provas aceitas por um tribunal de justiça, mas com certeza terá muita utilidade. As outras darão a fundamentação de que Julia precisava para sua reportagem. Ainda é preciso checar vários documentos e papéis, mas está tudo ali. Dona Hermione tinha dinheiro, comprou muita gente. Foi uma adversária à altura dele. Merecia estar viva para ver a condenação do Luiz Genésio.

Percebendo o teor explosivo dos documentos, eles decidem colocar aquelas provas preciosas em mãos mais experientes, não exatamente da polícia, mas de advogados ou procuradores que possam levar a denúncia em frente e encaminhá-la para as diligências mais corretas. Há vários da maior integridade que terão mesmo prazer em garantir uma punição exemplar para o empresário que sempre se colocou acima da lei.

Quanto à reportagem-denúncia que pretende fazer, Julia decide convocar jornalistas amigos em quem confia, de outros jornais e revistas, e passar para eles cópias do que interessa, para que tudo saia ao mesmo tempo, com o máximo de repercussão possível.

Ernesto se surpreende:

— Você não vai publicar primeiro? Vai abrir mão da exclusividade?

— Nunca me interessou a exclusividade, e sim que todo esse caso tenha a repercussão que precisa ter, Ernesto. Você não tinha entendido isso, agora espero que entenda.

E em poucos dias, as matérias invadem a mídia com denúncias e evidências. Capoano e seus crimes se tornam o assunto do momento, ao mesmo tempo em que a polícia recebe dos advogados e promotores as denúncias e os documentos de seus crimes.

Dessa vez, Capoano é algemado e levado com escolta à prisão.

Seu sentimento é de ultraje.

É incompreensível para ele que lhe fizessem isso. Uma pessoa com seu poder! Aquela maldita puta.

Suas noites são de insônia e ansiedade. Embora esteja em uma cela individual, com regalias, é uma cela. Pequena. Trancada. É prisão.

Ele está perplexo.

Um enjaulado. Caminha pela cela. Como isso pôde acontecer?

Maldita!

Por que não olham para tudo que ele já fez, as obras, os empregos que criou? Por que lhe imputam culpa no que é cotidiano entre seus iguais? É um homem da elite desse país, com um lastro de séculos por trás preparando-o para o papel que exerce. Deveria ser exaltado, e não execrado. Saiu da derrocada do pai e foi capaz de criar um império, um *self-made man,* trabalhou duro. Por que o odeiam tanto? Nasceu na elite, é seu dever se comportar como elite. O papel que lhe coube foi esse, fazer obras, dar empregos, criar riquezas para a bosta desse país, nasceu para isso, foi educado para isso, os outros nasceram para outras coisas. A ordem do mundo só pode ser mantida quando cada um cumpre o que lhe foi destinado.

Volta a se deitar.

Está cansado como nunca esteve na vida. Pensa em Hermione. A raiva cede a uma melancolia que desconhece. Teria sido um homem diferente se continuasse com ela a seu lado, um homem frente a seus deveres, sem firulas. Mas não foi. Ela não o compreendeu, incapaz de lhe dar valor, incapaz de entender que a sociedade precisa de homens como ele, mais ainda, caramba!, *depende* de homens como ele.

No escuro da cela, não quer e não vai deixar que sua impotência tome conta dele. Não é esse tipo de homem. O mundo é uma guerra, o vencedor faz o que é preciso fazer, caso contrário, outro fará, e ponto final. Não foi ele quem criou o mundo assim. Não o criou, mas gosta, é claro que gosta. Seu maior prazer é justamente fazer parte da força que faz a sociedade se mexer. Todos gostam, não lhe venham dizer que não, não lhe venham com hipocrisia, porque hipócrita ele nunca foi. Sabe seu valor, é a pessoa que faz. Seu destino não é estar entre perdedores.

Paciência, agora. Ele tem que ter paciência.

Não vai durar muito. Seus advogados são os melhores, tudo vai se resolver.

Então, calma.

Respire fundo como lhe ensinou uma vez aquele charlatão naturalista que cuidava de Hermione, no tempo em que se entendiam. Por causa dela, ele aprendeu a respirar, agora essa respiração pode lhe ser útil.

Respire.

O som do fole de seu tórax ao inspirar e expirar enche a pequena cela. Não é um barulho saudável. Não é um barulho bonito. Se não estivessem dormindo, seus vizinhos de cela reclamariam com palavrões. O pequeno mundo da cadeia não gosta de estranhos barulhos alheios.

30

São dias intensos para Julia. Há muito a ser feito, muito a ser escrito, muito a ser divulgado. O país acompanha o caso como um exemplo da punição de um grande corruptor, e aplaude cada nova denúncia, cada novo testemunho; a apuração dos crimes se desdobra, uma rede de propinas e negociatas sendo desmontada.

E uma pergunta sempre lhe volta à cabeça: como Lilian poderia ter tido acesso a algum desses documentos? Seria algo que estava naqueles papéis ou algo completamente diferente? O que exatamente Lili levara para o quarto do hotel?

Durante todo esse tempo, quando não estava envolvida em cada lance do processo de Genésio Capoano, quando voltava para casa depois do trabalho, quando ficava só consigo mesma, esgotada, enojada com o que ia aparecendo sobre Capoano, o refúgio e descanso de Julia era deixar seu pensamento voltar ao passado, lembrando-se com nostalgia e saudades de um fato ou outro ao lado de Lilian.

Bebericando uma taça de vinho, ou mergulhada no seu banho de ervas na água fria da hidromassagem, hoje bem fria, vê-se nas tardes de calor escaldante quando as duas se reuniam com os rapazes debaixo do caramanchão de buganvílias vermelhas. Vê o piso de pastilhas amarelas e marrons, os bancos marrons de cimento, e o som na sala a todo volume compondo o cenário das suas interessadas discussões sobre si mesmos e a vida.

Estevão já queria abarcar o mundo com as mãos. E quem diria que conseguiria tanto? Desde jovem, estava sempre planejando negócios audaciosos para a idade e convencendo as pessoas a investirem em suas ideias. Começou a organizar festas, cobrando ingressos e ganhando uma razoável fortuna para olhos mal saídos da adolescência. Depois montou uma granja, num terreno do pai deles. A turma toda ia visitar os pintinhos amarelos nas chocadeiras dessa, naquele momento, inusitada iniciativa, e que logo depois ele vendeu com lucro fantástico, inclusive porque a pequena granja incluía, num raciocínio logicamente evidente, como ele dizia, o terreno do pai que, como foi convencido disso, Julia nunca ficou sabendo.

Ernesto também era ambicioso mas não entrava nos negócios de Estevão. Seu plano era terminar o curso de engenharia. Queria a segurança de um diploma universitário — não tinha a inquietude e o gosto pelo risco de Estevão que, achando ter descoberto ser impossível combinar os padrões morais vigentes com a vida que queria ter, aprendeu a advogar o cinismo militante e a sorrir de maneira aliciadora. Dizia-lhes cinicamente que sendo cínico estava acima dos outros; sua lucidez — sorria — fazia com que percebesse, embora não concordasse, que o mundo real é assim e se o mundo real é assim, por que ele, Estevão, seria diferente? A única diferença, argumentava, é que fazia abertamente o que todos faziam por baixo do pano — abominava a hipocrisia. E sorria, e seu sorriso era seu pedido de desculpas pelas "verdades" que estava dizendo, ele que sempre foi um mestre em encantar as pessoas. Mas incoerentemente — embora tivesse genuína admiração pela coerência e achasse que o pior defeito de alguém era ser incoerente com seus princípios — tinha certa admiração platônica pelo caráter. Talvez fosse isso o que o aproximava de Ernesto que até no modo de vestir, todo certinho, defendia enfaticamente todos os princípios morais conhecidos. "O Ernesto é muito íntegro", Julia se lembra do irmão dizer. "Eu gosto dele. Não vai se dar lá muito bem na vida... mas gosto dele."

O caramanchão se agitava com infindáveis discussões também nos últimos momentos da adolescência. Estevão continuava empenhado em ser o advogado do diabo. Fazia questão de ler todos os livros sobre os quais se falava para poder combatê-los com cinismo. Mas eram discussões divertidas, bem-humoradas. Eram jovens começando a descobrir com prazer o mundo.

Um dos autores pelos quais ele se interessou foi Marcuse. Julia desconfia que foi o único autor que ele realmente leu naqueles dias. Embora atacasse animadamente todos os outros, e posasse de arguto intelectual, sua metodologia "cínica" de leitura postulava passar rapidamente das orelhas de um livro para a introdução e daí saltar vertiginosamente para o final. Em Marcuse ele se deteve durante alguns dias, e se entusiasmou ardorosamente pela luta entre Eros e Tânatos. Mas antes que se comprometesse demasiado com essas novas teorias, resolveu a seu modo o milenar e clássico dilema humano, batizando de Tânatos seu galo de briga campeão.

Durante algum tempo e às escondidas do pai, ganhou dinheiro com os galos que criava na casa de um amigo, e levava à rinha todo domingo de manhã. Quando voltava na hora do almoço, rosto afogueado, sedento, tirava da geladeira uma garrafa de água geladinha, e ia atrás de Julia, onde ela estivesse, para lhe comunicar com seu peculiar sorriso, enquanto sorvia com a boca direto na garrafa a água em gute-gute:

"Nosso valente amigo Tânatos ganhou espetacularmente outra vez."

E sempre que podia, na roda de amigos, zombava, carinhoso: "Com suas belas ideias e tensões românticas, Julia pensa que vai mudar o mundo, um mundo que nem conhecer ela conhece."

Sobre Lilian, não dizia nada. Devia achá-la muito tola, o que de fato ela parecia ser naqueles momentos, mãos dadas com Ernesto, olhos voltados para ele de maneira quase exclusiva.

E então, bem mais tarde, já adultos, estão todos eles na comemoração do aniversário da tia mais velha da família, um almoço no quintal da aniversariante, as mangueiras altas juntando as copas cheias e formando um salão natural sobre o piso de cimento queimado, as mesinhas dispostas e, mais adiante, debaixo de um pequeno caramanchão de jasmins, enquanto a brisa espalhava o cheiro adocicado, um conjunto tocava Ernesto Nazaré, Chiquinha Gonzaga, Zequinha de Abreu, as músicas preferidas da homenageada. Era uma festa para reunir a grande família dos descendentes da avó comum, falecida há não muito tempo.

Na manhã suave de junho, sol dourando o ar entre as mesinhas, reencontros carinhosos aconteciam ao lado de pequenos ódios se atualizando, velhos amores se reacendendo, rixas eternas que se afiavam.

Lilian e Julia estavam deliciadas.

Viam passar, sem se cumprimentarem, primos inimigos desde a infância. Viam o fingimento de pessoas que se detestavam se aproximarem, melífluas, preparando suas farpas. Viam um universozinho minúsculo, reproduzindo várias emoções humanas.

Uma família de políticos, engenheiros, advogados e indefiníveis homens de negócio: as profissões que a terra parecia preferir. Alguns poucos médicos e, na área de ciências sociais, só (e poucas) mulheres, professoras universitárias; um ou dois jornalistas. Vários funcionários públicos: como em muitos locais, em muitas cidades, em muitos estados do país, há essa prática que vem de tradição antiga, considerada tão natural quanto a presença do aparelho de Estado com seus cargos a serem preenchidos: se o Estado tem empregos, por que não ocupá-los com os amigos, aliados e a família? Em famílias como a sua, sempre havia tios e primos que se tornavam funcionários públicos porque era tão fácil e tão natural: se havia cargos a serem ocupados, repetia-se a pergunta, por que não ocupá-los com a família?

Esbravejavam contra a corrupção de todos, mas não viam a corrupção que havia no que sempre fizeram.

Nas artes, Cleo, prima mais nova, começava a despontar pintando boiadas, onças e douradas plantações de milho. Na Bienal em São Paulo daquele ano, havia montado a instalação "Modo Goiano de Produção": um monte gigantesco formado por dezenas de toneladas de sojas descascadas e espigas de milho secas cujo dourado natural ela realçara com uma camada de spray. De longe, a beleza da montanha de ouro era deslumbrante; quando se chegava perto, ao som de uma gravação de Leandro e Leonardo cantando "Veneno", via-se perfeitamente que a gigantesca pilha de milho estava sendo devorada por cupins high-tech.

A aniversariante, gordinha aconchegante, vestida com um conjunto de seda azul carbono, sentava-se cercada pelas irmãs. Os braços roliços, que sempre se abriram para abrigar quem precisasse de abrigo, abriam-se agora, emocionados, para receber cumprimentos. Tia Eulália: alegre, bonachona, dona de espalhafato carinhoso ao receber os inumeráveis sobrinhos, fazendo de cada um alguém especial. Sua vida não fora um mar de rosas: suportara durante anos as casmurrices de um marido iracundo, desembargador aposentado que até morrer a atribulara com pequenas torturas cotidianas (era famoso o fato de obrigá-la aos sábados a comer dobradinha — que ela notoriamente odiava —, e enfiar na sua boca a meia que usara durante o dia, enrolada como uma bola, quando a pobre, à noite, começava a roncar). A si mesma, ela se permitia cultivados caprichos: comer à vontade moça-bela, apesar da proibição explícita do médico e, pretextando um insuportável calor que não passava, só se vestir com seda, lindos vestidos de seda que lhe traziam de todos os cantos do mundo. Até Estevão, tão pouco ligado à fã família mas de tia Eulália, lhe mandava cortes de seda japonesa, chinesa, italiana.

Nesse almoço, cedendo à chantagem sentimental da mãe, Estevão estava presente. Chegou direto à festa, avisando: "Só vim dar um abraço na aniversariante. Volto no avião das seis". A ele, essas reuniões familiares pareciam mais jurássicas do que restos de dinossauros em museus. Algumas ex-amadas se aproximavam e ele as envolvia com seu sorriso de encantado; quem olhasse poderia jurar que a conversa estava ótima, mas quando elas se iam, ele exclamava, cruel: "Meu Deus, essas pessoas têm o quê na cabeça?"

Nessa festa, Ernesto chegou, atrasado e nervoso. Perdera o último voo da manhã e acabou tendo que vir de "carona" em um Learjet, para surpresa de Lilian e Julia que sabiam o quão inusitado era isso.

"Que sofisticação foi essa?", Julia brinca.

Disfarçando o mau humor com um gole de uísque, ele responde, "Acontece, acontece. Enfim, cá estou. Já perdi muita coisa?"

Não, Ernesto, não perdeu.

Naquele momento, você ainda não havia perdido nada.

E agora chega, Julia, chega!, diz a si mesma, para cortar os pensamentos que a estavam levando para onde não queria. Hora de sair dessa água antes que sua pele se decomponha.

31

Julia acredita que seu luto por Lilian está se apaziguando. Voltou a procurar Lino, voltou a sair mais, embora nem sempre esteja serena, muitas vezes ainda chora. Essa substância que o corpo produz para se livrar da dor, a endorfina, prima boa da morfina — por que o corpo não a fabrica para se livrar da dor dos sentimentos? Os acupunturistas que conseguem ativá-la para curar a dor de um órgão, quando descobrirão como fazê-la funcionar também para a dor que invade o corpo mas não vem de nenhum órgão, sim do mundo?

Julia queria ter levado Lilian para esse especialista inexistente.

Entrariam no consultório. Tonalidades brancas, mesas, paredes, lâmpadas, abajures, branco, branco. Branco. A absoluta totalidade branca do vazio de sentimentos. Lilian a olharia interrogativamente antes de se deitar no tatâmi branco, e ela lhe diria, bem suave, segura, sim, deite, feche os olhos: vai dar certo.

O acupunturista a examinaria ali deitada de olhos fechados, vestido também de branco, e constataria a gravidade do caso. Ainda assim, virando-se com firmeza para Julia, diria, "Não se preocupe, senhora, faremos renascer outra vez as luzes desse rosto". E metodicamente, devagarinho, com seus dedos finos, leves, ancestralmente treinados, pegaria as antissépticas agulhinhas de um esterilizado recipiente e muito tecnicamente mas quase com carinho as espetaria uma a uma no coração de Lilian.

Por um momento, vendo-a assim, Julia pensaria na figura de Nossa Senhora das folhinhas da infância — mas, não, o rosto de Nossa Senhora não era paz, mas sofrimento encarnado; o acupunturista que espetou aqueles espinhos no coração da pobre não deveria ser muito competente.

Para Nossa Senhora não deu certo.

Para você daria, Lilian.

Por que fomos assim tão amigas a vida inteira, Lilian? Julia se pergunta. De uma forma estranha, a nossa foi uma amizade que ecoava necessidades mútuas, ela responde a si mesma. Fui sua emoção vicária, Lili: a minha era uma vida que você não queria para si mesma, e no entanto, sabe-se lá por que necessidade interior, precisava saber como era, e admirava. Através de mim, você via um mundo diferente; não sendo o que desejava ter, ele se encaixava perfeitamente ao que já vivia. Quanto a mim, você foi o espelho onde minha imagem refletia uma admiração demasiado importante para minha autoestima. Eu precisava desse espelho. Por isso, por mais burguesa e alienada que durante muito tempo a considerei, sempre voltava a procurá-la, Lilian, para ver refletida em você a melhor imagem que já tive de mim. Foi esse o segredo? Uma não desejava ser a outra, ainda que, ao mesmo tempo, precisasse da outra? Por isso, como diria Tarquínio, Leviatã, o demônio peçonhento da inveja, que destrói tantas amizades femininas, não conseguiu vicejar entre nós.

32

Nos meses do inquérito de Capoano, Hermione Girardini faleceu.

Julia não se perdoou por ter não ter ido visitá-la outra vez, antes de sua morte. Jamais saberá o que ela queria dizer sobre “a moça despedaçada”, tão forte a expressão que usou. Poderia ser outra prova, talvez, mas não importa, afinal. Nunca existira um inquérito com tantas provas como esse.

Fez questão de ir ao enterro. Sentia-se eternamente agradecida àquela estranha e sofrida mulher que confiara nela. O contato das duas fora tão pouco e, no entanto, com tão enormes consequências.

Do avião já dava para ver a névoa fina de um dia frio em Curitiba.

Ao descer, Julia treme sob o blazer leve — mais uma vez, errara ao não levar um blazer mais quente para esse retorno à cidade.

Seguiu direto para o cemitério.

E ali, no velório, prestando-lhe sua última homenagem, ela teve a sensação de por fim entendê-la: Hermione não deixara de amar Capoano. Só isso poderia explicar porque uma mulher como ela não conseguira de fato se livrar dele, continuando a atender seus telefonemas mas se recusando a vê-lo, em sua intricada vivência de ódio e amor. Dois sentimentos que reviram uma pessoa, que fazem dela gato e sapato, que a transformam em outra.

Que Hermione descanse em paz agora.

Velório concorrido. Parentes, amigos, velhos contemporâneos de seus pais, autoridades, artistas da cidade, um enterro prestigiado de uma mulher que deixara sua marca como patrocinadora de obras culturais e de assistência.

Vendo ao longe, no meio dos ternos pretos, o promotor que no começo julgara uma fonte, Julia tenta se colocar distante de qualquer possibilidade de contato com ele. Estava fora do seu alcance denunciar a tentativa de difamá-la, da qual ele participara. Não tem provas, não poderia mexer naquele ninho de serpentes judiciárias. Seria uma investigação com chances zero de sucesso, a menos que... Não, ela não mexeria com mais nada que se referisse a Genésio Capoano. Jamais outra vez! Pensa no medo que ajudou a corroer a vida de Dona Hermione, que bem lhe avisara, e cuja voz agora ouvia repetindo o que lhe dissera: "Se vai mexer com Luiz Genésio, também deveria ter medo. Ele está preso, mas seus amigos estão cabriolando por aí. Amigos é um eufemismo para comparsas, parceiros, quadrilha."

Com certeza muitos desses "amigos" estavam ali prestando homenagens insinceras à falecida. Vultosas coroas ocupam um amplo espaço próximo ao caixão. Não são sequer bonitos aqueles aros barrocos, e as maiores e mais opulentas deviam vir justamente de quem menos a conhecia ou verdadeiramente a admirava.

Um toque brusco no braço a faz dar um pequeno sobressalto de susto: é o promotor, que a cumprimenta.

— Perdão... Como vai? Queria cumprimentá-la pelo excelente trabalho de denúncia contra Capoano.

Ainda um pouco sem fôlego, a Julia só lhe ocorre responder:

— Espero que tenha lhe dado uma baita dor de cabeça.

E sem pedir licença, rapidamente se afasta dali.

33

O que Julia jamais saberia não era uma prova. Apenas uma inesperada conversa.

Assim que recebeu o surpreendente telefonema da ex-mulher de Capoano, Lilian foi para o Aeroporto de Brasília. A passagem de ida e volta a Curitiba estava lá. Não pensou sobre o que Hermione pretendia, como descobrira seu telefone, o que falaria.

Foi.

Se alguém a visse saindo do avião no Aeroporto Afonso Pena e tomando um táxi, poderia pensar, Aí vai uma mulher decidida. E seria verdade. Lilian ainda não estava em condições de ter a clareza necessária, mas tinha o mais importante. Foco.

Nada pensou também ao ver a mansão, os móveis pesados de uma época passada, o piano da sala. Sentou-se. Esperou entrar a dona da casa.

Hermione soube do escândalo que afetara a mulher cujo nome Hildes acabara de lhe dizer que a esperava na sala. Já recebera outras mulheres. Algumas pediam dinheiro para filhos bastardos, e a conversa era sucinta e fria. Com outras, ela sondava até que ponto teriam a capacidade de executar alguma das tramas que fumegavam em sua cabeça. Não tinham.

Nenhuma era como Lilian Daes. Examinou-a sem ser vista. Pensou: Talvez.

Não muitas horas depois, se alguém visse Lilian saindo do táxi e se dirigindo para o balcão da companhia de aviação no Aeroporto Afonso Pena, em Curitiba, poderia pensar, Aí vai uma mulher com a cabeça em um cúmulo-nimbo.

34

O inquérito havia sido longo, porém, assim que a denúncia foi apresentada à Justiça, o julgamento adquiriu ritmo acelerado. Apesar dos esforços dos advogados famosos, Capoano foi condenado à pena máxima, 30 anos de prisão, pelo homicídio doloso de Lilian Daes. Na prática, como se sabe, haveria muitas maneiras de aliviar a sentença, mas os outros crimes, cujas provas estavam nos documentos conseguidos por Hermione Girardini, resultaram em ações criminais e cíveis cujas penas se somariam. Inclusive em sentenças de multa e devolução de dinheiro público.

Quando Capoano saísse da prisão — e se saísse — sairia sem prestígio, velho e, possivelmente, se não pobre, tampouco bilionário.

Lombardi foi outro que pegou sentenças de bom tamanho; ficaria um longo tempo na prisão. Sua fidelidade ao suposto "meio-irmão" lhe saíra caro.

Julia e Ernesto acompanharam juntos todas as sessões do julgamento.

Quando chegasse ao fim, e as notícias das sentenças pipocassem na mídia, os dois haviam imaginado que teriam o que celebrar, mas não foi isso que aconteceu. Houve um sentimento da justiça feita, é certo, mas o contato tão íntimo com a sordidez do mundo que era o de Genésio Capoano lhes deixara uma espécie de sombra cravada junto ao vazio deixado por Lilian. Talvez um dia pudessem pensar na morte dela apenas com a saudade da grande perda, e a sombra deixada por seu assassino se perdesse no tempo.

Por enquanto, continuava lá.

E não só a sombra dele. Era como se algo ainda estivesse inconcluso, como se faltasse alguma coisa naquele espaço para que pudesse permanecer apenas pelo que era, a saudade de uma pessoa amada. Julia não poderia saber o que se passava com Ernesto, mas a permanência de Lili nos seus pensamentos, ainda muito constante, era acompanhada por uma angústia que lhe parecia vir de fora, de alguma coisa esquecida, como se a morte de Lilian ainda esperasse algo para que pudesse serenar de vez.

Ernesto voltara a beber, não tanto como nos primeiros dias, porém mais do que deveria. Julia preocupava-se com ele, mas se viu forçada a aceitar suas escolhas. Não é possível medir a dor dos outros. Não há modelo para o luto, muito menos para o sofrimento. Cada um sofre a sua maneira; a cada um, o doloroso mergulho em seu próprio abismo.

35

Toca o telefone de Julia: Tio Cassiano avisando que Tarquínio, cuja idade nunca se soube, fora desenganado pelos médicos. Julia pensa que o mundo devia estar lhe fazendo uma brincadeira de mau gosto, cercando-a de mortes tão próximas uma da outra. Tarquínio quer muito que você venha aqui, Julia. Pediu para se despedir.

Querido Tarquínio, entranhado em sua infância. Tarquínio e suas modinhas chorosas, cantigas para a lua e a serra: perdas, desgostos, solidão. Assombrosa solidão. Quantas vezes essa melancolia intensa, antiga, tomava conta das suas emoções de criança, e ela e Lilian sentiam o peito se afundar, olhos marejando em desconhecida tristeza. Mas tristeza boa, tristeza que aconchegava, como se sentissem mais próximos um dos outros por serem tão tristes assim. Ou como se entendessem por fim o sentimento profundo que dominava e explicava o mundo.

Mas como entendiam pouco!

Do mundo mesmo, as duas ainda não entendiam nada.

Apressada, Julia embarcou para Goiânia.

Ao chegar à casa do Tio Cassiano, impossível não se contagiar pela tristeza da casa, a casa de dois velhos sós. E quando entrou no quarto do agregado e se aproximou da sua cama, mal reconheceu, no ambiente em penumbra, a pele que envolvia seus ossos, os olhos escuros com fina crepitação por dentro. As paredes com imagens de santos como sempre fora o quarto em que Tarquínio dormia, imagens coloridas de folhinhas religiosas, e uma ou outra mais elaborada, como a de Nossa Senhora do Perpétuo Socorro em moldura dourada e o Sagrado Coração de Jesus, mãos perfeitas estendidas para os fiéis, e o mesmo ar de mansidão e ternura para com o mundo pecador. Mesmo o mártir São Sebastião cravado de flechas era com mística serenidade que olhava em direção aos céus. Julia acredita ter visto todas aquelas imagens quando criança, deviam ser as mesmas, como também devia ser a mesma a colcha tecida à mão, e já bastante desbotada, a que agora o cobria do torso aos pés e que, tem certeza, Tarquínio não deixou que ninguém trocasse por outra. Na mesinha ao lado da cama, o mesmo oratório, seu pequeno e antigo oratório de madeira azul e arabescos dourados, com as mesmas esculturas de pequenos santos sem pompa que, mesmo assim, encantavam as crianças.

Ela lhe toma a mão sem força, diz palavras que não sabe dizer e que tão pouco significam nessas horas; em nome dele pede a sua Mãe Santíssima, e a todos os seus santos preservados há tanto tempo em amor, que protejam esse devoto fiel, esse velhinho amado que nada de ruim fez na vida, nada, a ninguém, e cujo tempo na terra tinha sido de louvor e devoção a todos seus semelhantes e a todos seus santos.

Quando Tarquínio fala é quase um sussurro a lhe dizer, "Tá chegando minha hora, fia. Tá quase passando, São Binidito é qui sabe... Lá tá minha afilhada, tá Dona Hilária, tanta gente boa... E cê fica aqui, com a bença de Jesus e Nossa Senhora e todos os santo e os anjo do Senhor, Amém".

Com temor de quebrá-lo, Julia abraça o torso agora só ossos, abraça-o forte e deixa o pranto escorrer. Por ele, por Lilian, por um mundo que há muito deixou de ser o do velho Tarquínio e que se revelou a elas tão nu e sórdido.

Antes que ela saia, ele lhe entrega um cartão postal do Hotel Nacional. Diz que estava dentro da carta que Lilian lhe enviara e estava escrito Para Julia. Ele a recebeu alguns dias depois do enterro. Ele e seu Cassiano. Seu Cassiano recebeu a dele. Ela pedia perdão, Tarquínio disse. Nas duas.

Perdão por quê?

A gente num sabe. Nem eu, nem seu tio.

Mal chega ao hotel onde sempre se hospeda porque é perto da casa do tio, Julia retira o cartão postal da bolsa e o examina uma e outra vez. O cartão vazio. Só o seu nome no alto, Para Julia. Ela não entende. Lilian ia escrever algo, mas não teve tempo?

Sem conseguir dormir, Julia se aproxima da janela. É perto da rua onde morou, perto do bosque, perto dos flamboyants. Há uma luz esplendorosa lá fora, luz da lua na madrugada, a mesma luz que ela e Lilian viram em uma janela como essa quando a vida ainda estava toda pela frente, e prometeram jamais esquecer que, vendo madrugadas assim pela vida afora, sempre pensariam no que haviam vivido no passado, estariam vivendo no presente e viveriam no futuro, e jamais se esqueceriam da claridade enluarada da cidade onde nasceram.

Julia pensa nas duas, na casa adormecida da avó, acordando com um alvoroço no quarto dos meninos ao lado, os gritos amortecidos de um deles, choro, e som forte de batidas em uma das camas. Sobressalta-se. Lili, no entanto, sussurra que era um torrão de terra de um formigueiro que deixara dentro da fronha do travesseiro de João Pedro, primo mais velho de quem as duas não gostavam. Por que cê fez isso, Lili? Porque ele xingou Tarquínio de preto velho burro e quase quebrou o violão dele, de maldade. Foi mesmo, sussurra Julia. Ela estava junto quando João Pedro, caçoando dos acordes simples de Tarquínio, tomou o violão de sua mão e fez como se fosse quebrá-lo em sua cabeça. Lili correu atrás dele, mas não conseguiu alcançá-lo. Julia lhe pergunta, E se descobrirem que foi você que pegou o formigueiro, Lili? Sua resposta vem com sorrisinho de vitória, a cabeça se virando para o outro lado no travesseiro: Não me importo, com Tarquínio ele não mexe mais. E lá estão as duas em um jogo de vôlei no colégio, as pregas das saias azul-escuro se abrindo como leque nos saltos das meninas defendendo a rede, e Lilian lança uma bolada terrível e proposital em uma das meninas do mesmo time. Por quê, Lili? E o sorrisinho de vitória, vem com a resposta: Porque ela mentiu para o professor sobre mim, Ju. Queria entrar no meu lugar. E se você for suspensa do vôlei, Lili? Se for, azar. Me vinguei. Imediatamente, entra em seu foco, a cena da festa junina que fez Lili abandonar as férias na casa da avó.

Como em um relâmpago, então, Julia compreende: Lilian nunca teve prova alguma. Armara tudo aquilo. Ela se matara para incriminar Genésio Capoano. Ao cair, seus lábios devem ter esboçado seu sorriso de vitória.

36

Meses depois, um telefonema de Ernesto a desperta de manhã. Sua voz eufórica pergunta, mal se contendo:

— Já ficou sabendo?! Capoano morreu, Julia! ASSASSINADO!

— Hein?!

— Foi outro preso. Um tal Bento da Mata. Já havia assassinado um segurança dele anos atrás, e agora conseguiu matá-lo. Que ironia, meu Deus! Capoano tinha pedido sua transferência para Curitiba porque de lá poderia mexer melhor os pauzinhos para recorrer da sentença. Estava crente que sairia logo, e iria mesmo conseguir sair, mais dia menos dia, mas lá estava esse cara. Não sei de onde ele saiu mas hoje, sim, posso dizer que estou eufórico, Ju. EUFÓRICO!

Julia pula da cama, deixando Lino sobressaltado, e liga a internet para ver as notícias. Ali estava:

"O empresário Luiz Genésio Capoano foi assassinado essa noite pelo preso Bento da Mata. Os dois estavam no mesmo Complexo Médico Penal, em Pinhais, na área metropolitana de Curitiba. O empresário estava preso pelo assassinato de Lilian Daes e outros assassinatos, além de vários crimes graves de corrupção. Bento da Mata estava preso pelo assassinato de Donatelo Fonseca, vulgo Cabide, antigo segurança do empresário.

"Há cerca de um mês, o empresário conseguiu sua transferência para Curitiba onde, supostamente, teria mais benesses e, possivelmente, mais facilidade para conseguir sua liberação. Já Bento Nestor da Mata, condenado por 20 anos, estava prestes a sair em liberdade. Por questões médicas, deu-se a fatalidade de estar por alguns dias na mesma penitenciária onde Luiz Genésio Capoano estava. Ainda não se sabe ao certo o motivo que o levou a matar o empresário com cinco facadas."

Lino, lendo a notícia às suas costas, comenta, espantado:

"Justiçado por um crime de oportunidade."

Julia começa a rir.

"Desculpa, não pude me conter. Não que eu fique eufórica, como Ernesto diz que está, a morte de um homem é sempre a morte de um homem, por pior que ele seja, não acho bom, quer dizer, talvez ache, mas não creio que deva achar, sei lá, qualquer coisa assim, mas que foi mesmo uma ironia surpreendente, foi, ele sendo destruído por seu próprio poder. Não poderia haver final mais adequado."

Depois de tomar seu café, saboreando cada gole com um novo sabor, Julia pega seu carro e vai ao Campo da Esperança, o cemitério onde está Lilian. Um ventinho manso esvoaça a seu lado, quebrando o calor, e ela se sente leve, quase bem, caminhando até o túmulo, caminhando como se o próprio vento a levasse. Deposita ali o buquê de rosas brancas que comprara no caminho.

Ergue-se lentamente, e é como se visse, ao longe, a figura da Lilian adolescente chegando de olhos brilhantes e rosto corado para lhe mostrar o buquê de rosas brancas que acabara de ganhar de Ernesto, e dizer que é com ele que ela se casará e será feliz para sempre.

Ali está agora o que resta de Lilian, ossos talvez já brancos sob o céu de Brasília que, nesse pouco mais do meio-dia, está todo coberto de nuvens brancas esgarçadas, de tal maneira que se você olhasse de determinado ângulo o veria completamente branco, debaixo do sol abrasador.

Julia gosta desse céu branco de grandiosidade seca que lhe soa como uma constatação: Veja, menina, como as verdades são relativas, como as coisas mudam, como dizer que o céu é azul é tantas vezes mentira.

Fim

Este livro foi impresso nas oficinas gráficas da Editora Vozes Ltda.,
Rua Frei Luís, 100 – Petrópolis, RJ.